Second Season V

kumo-no-hate

CONTENTS

murayama yuka special present

PROFILE

Second Season V

kumo-no-hate

murayama yuka special present

■ 和泉勝利　年上のいとこ、かれんと付き合っているが、彼女が転職したことから、遠距離恋愛に……。

■ 花村かれん　介護福祉士になるため、教師をやめて鴨川の老人ホームで働いている。

■ 花村 丈　姉と勝利の恋を応援する、ちょっと生意気な高校３年生。

■ 森下秀人　オーストラリアで文化人類学の研究をしている青年。

■ ダイアン　秀人の同僚である、オーストラリア人女性。

■ アレックス　ダイアンの妹。ダイアンとは離れて暮らしている。

◆前巻までのあらすじ

高校３年生になろうという春休み。父親の九州転勤と叔母夫婦のロンドン転勤のために、勝利は、いとこのかれん・丈姉弟と共同生活をすることになった。

五歳年上の彼女をいつしか愛するようになった勝利は、かれんが花村家の養女で、勝利がアルバイトをしていた喫茶店『風見鶏』のマスターの実の妹だという事実を知る。そんな勝利に、かれんも次第に惹かれ、二人は恋人同士となった。

大学に進学した勝利は、叔母夫婦の帰国と父親の再婚・帰京を機に、アパートで一人暮らしを始める。一方、かれんは、高校の美術教師を辞め、鴨川の老人ホームで働きながら介護福祉士を目指すことになる。かれんとの遠距離恋愛が続くなか、不安や焦りにたびたびさいなまれる勝利だった。

マスターとその恋人・由里子との間に生まれた新しい命を、勝利とかれんも心から祝福する。身重の由里子を手伝おうとした勝利だが、そこで、事件は起こった……。

雲の果て

おいしいコーヒーのいれ方 Second Season V

Have You Never Been Mellow

1

叫んでも、叫んでも。
言葉はすべて、無の中へ吸いこまれていくばかりで。
声をふりしぼり、喉《のど》が裂けて血が出るほど、必死に助けを呼んでいるつもりなのに。
ひゅうひゅうと、息がただ無駄に漏《も》れるだけで。

ふいに足もとの地面が消《き》え失《う》せ、僕は虚空《こくう》に投げだされ、背中から真っ暗な谷底めがけて落ちていく。悲鳴すら、誰にも、どこにも、届かなくて、情けなさと絶望のあまり涙がにじんで目尻からこぼれ落ちた時——誰かに呼ばれ、いきなり声が出た。ものすごく大きな声になった。自分で飛び起きるくらいに。

「びっ……くりしたぁ」

そこにいたのは、なぜかヨーコさんだった。ベッドのすぐ脇《わき》に立ちすくみ、両手を胸のあたりで握って、小さな目をぎりぎりいっぱいに瞠《みは》っている。車に轢《ひ》かれそうになったカンガルーみたいなポーズだった。

「あーびっくりした。ほんとにびっくりした。うなされてるから揺り起こそうとしたら、名前呼んだとたんにものすごい声あげるんですもん。こっちまで思わず悲鳴で答えそうになっちゃいましたよう」

すみません、と僕は言った。

声は、今度はちゃんと出たけれどかすれていた。

「怖《こわ》い夢、見てたんですか?」

答えようとして、ひらきかけた口をつぐむ。

「……よく、覚えてないです」

「ああねー」

と、ヨーコさんは明るく言った。

「そうなんですよねー、夢って。私もよく見るほうだけど、起きたらたいてい忘れちゃってて。悪い夢はともかく、せめていい夢ぐらい覚えておきたいのに」

言いながら、サイドテーブルに置いてあった電子体温計を取って、僕に手渡す。

「はい、もいちど横になって。目が覚めたついでに計っておいたほうがいいですよ。ちゃんと腋《わき》の下《した》にはさんで、三分間」

おとなしく横たわり、体温計をはさんだ左腕を右手で抱《かか》えこむ。パジャマがわりのTシャツの背中が、じっとり汗ばんでいた。誰に着替えさせてもらったのかも覚えていないけれど、そこはとりあえず僕の家の寝室だった。

首をねじって、壁の時計を見上げる。六時をちょっとまわったところだ。ブラインド越しに射しこむ光の感じからすると、たぶん午後の六時なんだろう。

ベッドの足もとの柵《さく》に片手をかけて立ったまま、ヨーコさんは床に落ちた光と影の縞《しま》模様を眺めている。眉《まゆ》よりだいぶ上でパツンとまっすぐに切りそろえられた前髪は、彼女のトレードマークみたいなものだ。

小さい娘さんが一人いるということは聞いているけれど、ヨーコさんがいったいいくつなのか、僕にはさっぱり見当がつかない。細っこくて、小柄で、いつもにこにこしていて、誰に対しても基本的に敬語を崩さないのに人一倍フレンドリーという、なんとも独特な雰囲気を持った人だった。

ヨーコさんはふだん、おもに日本人観光客のためのツアーガイドをしている。

ベージュ色のズボンとエンブレムのついた開衿《かいきん》シャツ、という服装を見ると、ここへは仕事の帰りに寄ってくれたんだろうか。といっても僕はまだ、この姿以外の彼女を目にしたことがないのだけれど。

「あの」

「はい?」

ぱっとヨーコさんが目を上げる。

「すいませんけど、今日って何曜日ですか」

「え？」

「俺、水曜の朝のことまでは覚えてるんですけど、そのあとの記憶が全然」

ヨーコさんは口を開けて、そのまま大きく何度かうなずいた。

「そっか。そうですよね、倒れたまんま気を失っちゃったんですもんね」

「いや、それさえも覚えてなくて」

そうだったんですか、と訊《き》くと、彼女はまた何度もうなずいた。

「私も、ヒデさんから聞いただけなんですけどね。作業中にいきなり和泉《いずみ》くんが倒れて、なんだかすごい熱だって。じゃあ、診療所に運ばれたっていうあたりのことも全然覚えてないんですか？」

僕は首を横にふった。

うわあ、とヨーコさんがまた目を瞠る。

「で、何曜……」

「あ、えっとね、金曜日。の、夕方」

　ということは、なんと、まるまる二日以上もほとんどぶっ続けで寝ていたことになる。濁った記憶の底をまさぐれば、途中で誰かの助けを借りながらふらふらとトイレに立ったり、何度か薬や水を飲ませてもらったりしたような憶《おぼ》えも無くはないのだけれど、それすらも白くて濃い霧に包まれていて、まるで他人の夢の中の出来事みたいだった。

「ヨーコさんは、どうしてここに？」

「ああ、ちょこっと頼まれたんですよう」

　彼女は顔をくしゃくしゃにして笑った。

「『目が覚めた時に一人ぼっちじゃ和泉くんが心細いだろうから、ちょっとだけ代わりに留守番してて』って、携帯に」

　誰から頼まれたのか、と、僕は訊かなかった。いま僕のことをそんなふうに心配してくれる人は、とても限られている。たぶん、苦労しなくても話が通じる相手、と考えてヨーコさんに連絡してくれたのだろう。

「すみませんでした。面倒かけちゃって」

「いいぇー。私もついさっき来たばっかりだし。それより、気分はどうですか？　何か食べられそうですか?」

「や、まだちょっと」

「そっか。そうですよね。うん、でも無理することないですよ、体が自分で調節してるのかもしれないし。水分さえちゃんと摂《と》ってれば大丈夫じゃないかな。もしおなかすいてきたら遠慮しないで言って下さいね」

「ありがとうございます」

「いぃえー」

ヨーコさんが腕時計をちらっと見て、僕のほうに手を差しだす。

腋の下から抜いた体温計を、一応毛布で拭《ぬぐ》ってから手渡すと、彼女はじっと覗《のぞ》きこんで少し眉をひそめた。

「うーん、まだけっこうありますねえ」

「何度ですか」

「三十八度六分」

……そうか。それでこんなに、体じゅうの節々《ふしぶし》が痛いのか。

おまけに、息を少しでも深く吸いこむと、胸が痛くて苦しい。心臓と肺を素手でボコられたみたいな感じだ。

「熱、これでもちょっとは下がってるのかなあ」

と、心配そうにヨーコさんが呟《つぶや》く。

「さあ。自分じゃ全然わかんないです。最初はどれくらいあったのかも」

「そうですよねえ」

ヨーコさんは体温計をサイドテーブルに戻した。

「診療所では、過労だって診断されたそうですよ」

僕は苦笑した。

「なんか、オッサンくさいですね。過労って」

「きっと、いろいろ溜《た》まってたんですよう」と、ヨーコさんが眉を寄せて言う。「慣れないうちから、あんまり頑張り過ぎるから」

僕は、苦労して息を吸いこんだ。力を入れて胸郭《きょうかく》を内側から持ちあげるように意識しないと、肺に空気が入ってこないのだ。

「だいぶ慣れたつもりなんですけどね、これでも」と言ってみる。「こっちへ来てから、もう半年くらいたつし」

「だから、その半年分の疲れが溜まっちゃったんですよう。だってほら、最初の頃なんか和泉くん、まわりのみんなとろくに口もきかずに頑張ってたでしょう?」

口をきかなかったのは、言葉がうまく出てこなかったからに過ぎないのだが、

「だからですよう」

ヨーコさんはどんどん喋《しゃべ》った。

「私はほら、言ってみれば部外者だから口出しできる立場じゃないしと思って黙ってたけど、傍《はた》から見てても、あのままだったらいつか絶対に無理がくるなあって思って、ほんとはちょっと心配してたんですよ。なーんて、あとから言ってもしょうがないんだけど」

遠慮しないでもっと早く口出ししとけばよかったなあ、と言って、彼女は情けなさそうな顔をした。

「ヒデさんには、うんと初めの頃に一度、それとなーく言ってみたことがあったんですけど……」

「え」

驚いて頭を浮かせると、あ、ダメダメ、とてのひらでたしなめられた。おとなしく、枕に頭を戻す。

「あの、それとなくって？」

「うーん、考えてみたら、それとなくじゃないですねえ。もう、そのまんま訊いたんですよ。『あの新しく来た和泉くんて子、ちょっと頑張り過ぎなんじゃないですか？ あのまほっといて大丈夫なんですか？』ってね。そしたらヒデさん、『わかってる』って言うの。『わかってはいるんだけど、でも今はしょうがないんだよ』って、そう言うから、ああ、なんだか知らないけどヒデさんがちゃんとわかってることなら大丈夫ねって思ってたのに、結局こんなことになっちゃって」

ひと息にそこまで言い、最後に大きなため息をつくと、ヨーコさんは僕を見てまたくしゃくしゃとした笑顔になった。熱を出した子どもを看病するお母さんそのまんまの表情に、ちょっとこそばゆいような気持ちになる。

「とにかく、今はゆっくり休んで下さいな」

「はい。すみません」

「いいえー、私はなんにも。でも、まわりのみんなに悪いなあとかって、思うなってほうが無理だろうから先に言っときますけどね、ほんとに申《もう》し訳《わけ》ないと思うんだったら、遠回りみたいでも、とにかくしっかり体を休めることですよ」

「はい」

「もう平気ですから、とか言って無理して起きあがって、あとからもっとひどいことになっちゃったら、かえって迷惑かけるんですからね。ちゃんと休んで元気になってから、今度は加減しながら頑張ればいいんですから」

むしろそれが社会人としての責任ってものですよ、と、今度はちょっと厳しい顔になってヨーコさんは言った。

「わかりました」

「それと、体や心が弱ってる時ぐらい、もっと人に甘えてもいいんですからね」

「…………」

「ね」

「……はい。そうさせてもらいます」

と、僕は言った。

「じゃあ、私は隣のダイニングのほうにいますから。ヒデさんもたぶんもうじきに帰ってくると思うけど、何かあったら声かけて下さいね」

「はい」

「ほんとに遠慮しちゃだめなんですからね」

思わず笑ってしまった。

「はい、しません。ちゃんと甘えます」

「よしよし」


ヨーコさんが出ていってしまうと、ベッドルームはいきなり静かになった。

上掛けをめくって起きあがり、床に足を下ろす。それだけで、天井や壁がぐるうりと大きく回転し、体が傾《かし》ぐ。

（う……ヤバいヤバいヤバい……）

ベッドに片手をつき、頭を低くしていると、部屋の回転がだんだんゆっくりになっていく。そのうちにそれがようやくおさまっていき、完全に止まるまで待ってから、僕はそろりと立ちあがった。

まずは、壁伝い、家具伝いに歩き、チェストの引き出しを開けて新しいTシャツと下着を引っぱりだす。自分の脱いだシャツが、自分で汗臭《あせくさ》かった。

気を抜くとふらつく体を、片手ずつつかまり立ちして支えながら着替え、丸めたシャツと下着を抱えて部屋の奥の洗面所へ行き、洗濯機に放り込む。ついでにトイレを済ませた。物音ばかりたてていたら、ヨーコさんが心配して何か手伝いに来たりしないだろうな、と思ったけれど、それはなかった。

まだ熱があるせいで、手を洗う水が肌にぴりぴり刺さる。

二日ぶりに見る鏡に映っていたのは、まばらな無精髭《ぶしょうひげ》にうっすらと覆《おお》われた汚い顔だった。頬《ほお》と顎《あご》をこすってみたものの、かといっていま剃《そ》る元気はどこにもない。またそろりそろりとベッドに戻る。

倒れこむように仰向けになり、下敷きになってしまった上掛けを尻《しり》の下から引っぱり出して、再びそれなりに体の上に掛け終えると、それだけでもう息が切れていた。

また少し、熱が上がった気がする。事ここに至ってようやく、今の自分の置かれている状況が理解できてきた。どうやら僕は、自分で思っているよりも、だいぶ具合が悪いらしい。

どくん、どくん、心臓の鼓動に合わせて、ずきん、ずきん、頭が痛む。呼吸は相変わらず苦しく、浅くて速い。

なんでこんなことになっちゃったんだろうな、と思ってみる。

ただの風邪《かぜ》……いや、医者が過労だと言ったならそうなんだろうか。その診断には多分に、僕を診療所へ運びこんだ人の意見も反映されている気がしたけれど、うんと素直になってみれば、たしかに僕は疲れていた。ここへ来てからの半年だけじゃなく、そのもっとずっと前から、精も根も尽《つ》き果《は》てるくらい疲れきってしまっていた。それが原因だというなら、要するに、こうなったのもぜんぶ自業自得《じごうじとく》だってことだ。

弱っていて辛《つら》い時、以前だったら必ず思い浮かべた唯《ただ》ひとつの顔を、僕は今、全力で思い浮かべまいとしている。

今その顔を思い出したりしたら、とうていまっすぐ立ってなんかいられなくなる。今だってこの有り様なのに、もっと情けないことになってしまう。

でも、何かを〈思い出すまい〉とするのは、思い出せないものを無理に思い出そうとするよりもはるかに難しいことだった。

ずっと前に、星野《ほしの》りつ子《こ》が、何かそれに似たようなことを言っていた気がする。努力で誰かを忘れ去るのは難しい、考えまいとした時にはもうすでにその人のことを考えてしまったあとだから、というような意味のことを。

それとも、そんなふうなことを言ったのは秀人《ひでと》さんだったろうか。熱のせいか、頭に靄《もや》がかかったみたいで、ものごとがまともに考えられない。

いっそのこと、ずっとこういうふうだといいのに、と思った。頭の中いっぱいに、靄だか霧だかが永遠にかかったままだったら、そんなに苦労しなくても、あの小さな顔を思い浮かべずに済むのかもしれない。

ああ、言ってるそばからまただ。また危うく、くっきりと思い浮かべそうになってしまった。

誰かを閉め出そうとして戸を立てているんじゃない。こうなるともう、ほかならぬ自分自身に戸を立てているのも同じことだった。

ここ何年もの間、いつも僕と共にあってくれたひとの顔。彼女の——そう、彼女の、愛《いと》しい顔を思い浮かべまいとするのなら、ここ数年の自分にまつわるすべてを封印して地の底深く埋めてしまわない限り、無理だ。

だから僕は、一人でここへ来た当初から、誰に何を訊かれても、自分の過去や身辺のことをほとんど明かさなかった。

最初のうちは、言葉がまるきりわからないふりをしていればいいので便利だった。それでもたまに、生意気だとか不真面目だとか思われて絡《から》まれる時もあったけれど、そのうちには、これが僕のキャラクターなんだとあきらめてもらえたようだった。もしかすると、秀人さんが陰《かげ》で取りなしてくれたのかもしれない。

僕のせいで——誰が何と言っても完全に僕のせいで引き起こしてしまったあの出来事を、僕は、どうしても、どうしても受けとめきれなかった。今もまだ、それについて人に話すどころか、まともに思い出すことさえできずにいる。いつか向き合える時がくるのかどうかさえわからない。正直、まったく自信がない。

当事者と呼ぶべき人たちばかりか、親も、親戚も、友人も、恋人も、誰の言葉も届かなかった。僕が犯したのは、僕一人が背負って償《つぐな》えばどうにかなるほど軽い罪ではなかった。人が一人で背負うなど、絶対に不可能な罪だった。

だからといって、たとえば僕が死んで詫《わ》びたところで、まわりの人をなおさら深く傷つけるだけだ。誰より……由里子《ゆりこ》さんとマスターが、いちばん傷つくだろう。あの心優しい人たちをこれ以上傷つけるようなことだけは、絶対にするわけにはいかない。

それがわかっているからこそ、もう、何をどうすることも、どう償うこともできずに、とうとう自家中毒を起こしてしまった僕に手をさしのべてくれたのは、僕が借りていたアパートの大家、裕恵《ひろえ》さんだった。

彼女はある日、一本の電話をかけ、僕の目の前にたったひとつの逃げ道を用意してくれたのだ。

情けない話だと思う。

いや、情けない男だと思う。

でも僕は、あれ以上、とうていあの場にいられなかった。どうしても、いられなかったのだ。

外のドアが開く音がした。

さえずるみたいなヨーコさんの声と、朗《ほが》らかで野太い声とが交錯する。

僕ができるだけしゃんとした顔を作ろうとするのと同時に、ノックが響いて、寝室のドアが開いた。

「おう、やっと目が覚めたか、眠り姫」

おはよう、と、秀人さんは言った。

体の大きな秀人さんが立つと、戸口がやけに狭苦しく見える。

チェックのワークシャツに、たくさんポケットのついたオイルスキンのベスト。足もとは砂埃《すなぼこり》にまみれたゴツいワークブーツで、頭にはカウボーイハットがのっている。いつもたいてい、同じような服装だ。もしかして、いや、もしかしなくても、僕がぶっ倒れたという日から下着以外は替えてないんじゃないかと思う。

「気分はどう?」

と、優しい声で秀人さんは言った。

「すみません、迷惑かけちゃって」

ベッドに起きあがりかけた僕を、

「あ、こらこらこら、何してる」

慌《あわ》てて部屋に入って来ながら、秀人さんは押しとどめるような仕草をした。

「起きて何する気なの」

「え、いや、何って」

「べつに、俺の顔見たとたんにションベンしたくなったとかいうんじゃないんだろう?」

「はあ。そうじゃないですけど」

「じゃあ、無駄な体力を使うなよ。今はちゃんと寝て、少しでも体を休めるのがきみのいちばんの仕事なんだから。な?」

僕は、仕方なくうなずいた。

そろそろと、また身を横たえる。関節がきしんで痛み、呻《うめ》き声《ごえ》が漏れそうになるのを喉の奥でこらえる。

秀人さんがそばに来て、僕の額に手をあてた。その体格にふさわしい、とても大きなてのひらだった。太陽に干した布団《ふとん》みたいに心地よく乾いている。

年で言えばたぶん僕とひとまわりとちょっとしか違わない秀人さんに、父親を感じるなどと言ったら変だろうか。でも、そのがっしりとしたてのひらは、〈兄〉というよりはやはり〈父〉に——もちろん現実の親父という意味じゃなく、象徴としての父親みたいな意味だけど、そういう存在に近い頼もしさで、僕の心細さを和《やわ》らげてくれた。

「ほんとだ。熱、まだだいぶあるなあ」

ほんとだ、というのはきっと、ヨーコさんから聞いたんだろう。離れていった手に、そっと目を開けると、秀人さんは苦い顔で僕を見おろしていた。

「——すみません」

「いや、そこは謝るとこじゃないだろ。かわいそうになあ。しんどいか」

僕は、苦笑した。

「ちょっと」

「ってことは、相当しんどいんだな」

「え」

「きみが『ちょっと』って言う時は、ちっともちょっとじゃないんだ」

苦い顔がますます苦くなる。

「おとといの朝だってそうだったろ？　俺が、なんだか顔色が悪いんじゃないか、って訊いたら、『ちょっと風邪気味なだけです』って。そしたらこれだ」

「……すみません」

「ああ、まったくだ。それに関しては『すみません』だな。自己管理がなってない、って責《せ》めるのは簡単だけど、俺はべつにそういうことを言ってるんじゃないんだよ。どんなに自己管理を心がけてたって、不測の事態で体調を崩す時ぐらいある。生身なんだから、しようがない。ただ、ほんとに具合が悪い時は、変に遠慮なんかしないで、ちゃんと自己申告しないと」

「……はい。ほんとにすみませんでした」

「ま、頑張り屋なのは悪いことじゃないけどさ。程度問題だってこと」

と、秀人さんは言った。

「ともかく、なるべく早く治そう。今、マーケットに行ってきて……いや、ついでがあったから。で、フルーツとかヨーグルトとかシリアルとか、まあまあ喉を通りそうなものを見つくろってきといたから、食べられそうになったら、ちょっと無理してでも胃袋に入れたほうがいいよ。回復するにもエネルギーは要《い》るからね」

「はい」

「ちょっとした総菜なんかもあるから、あとであっためて食べるといい。今、ヨーコさんが冷蔵庫に入れてくれてる」

うわ、と僕は言った。

「なに」

「いや、ここんとこ、冷蔵庫の整理とか、ちゃんとできてなくて」

「は？」

「何か変なものが腐《くさ》ってたりしたかも」

秀人さんは、あきれたように僕を見おろした。

「ばかだなあ。元気な時ならともかく、今そんなこと気にしたってしょうがないだろう。彼女だってああ見えて主婦なんだ、その程度のことはなんてことないよ。べつにきみ、あれだろ？　冷蔵庫に汚れたパンツとかエッチな雑誌とかつっこんであるわけじゃないだろ？」

「そ、それはそうですけど」

どういう発想だ、と思いながら僕は言った。

「だけど、なんかほんと申し訳ないです。ヨーコさんにまで迷惑を」

「それについては、俺が勝手に応援を頼んだわけだからさ」

「……すみません」

秀人さんが溜め息をついた。

「あのな、勝利《かつとし》くん」

「はい」

「とりあえず、きみがとてもすまないと思ってるってことはもう充分伝わったから、このへんでいっぺん、『すみません』はヤメにしようや。前に、きみの前歯を俺が折っちゃった時、きみだって言ったじゃないか。謝らないでほしいって。あれと同じさ。ずっと謝られてると、こっちが落ち着かない」

「すみま……」

途中で言葉を呑《の》みこんだ僕を見て、秀人さんはしょうがなさそうに片目を細めて笑った。

「正直なところ、きみとゆっくり話したいことはいろいろあるんだけどね」

「……はい」

「今は、とにもかくにも体を治すことのほうが先決だから。元気になったら、その時にまた、ね」

わかりました、と僕は言った。

きびすを返して部屋を出て行こうとする後ろ姿へ、

「あの、秀人さん」

呼びかけると、彼は肩越しにふり返った。

「……ありがとうございます」

それが今回のこのことだけを言っているのでないとわかったのだろう。秀人さんは目だけで笑い、黙って首を横にふって、出て行った。ぱたん、とドアが閉まる。

僕は、天井を見上げて深い息をついた。

とたんにまたドアが開いた。

「すまんすまん、忘れてた。これ」

手にしているのは白い封筒だった。ふちのところにぐるっと青い模様のあるやつ――エアメールだ。

「昨日、オフィスのほうに届いてたんだ」

大股《おおまた》に近づいてくると、秀人さんは僕の布団の上、腹のあたりにその封筒を置いた。そして真上から僕の目をじっと見おろした。

「自分宛《あ》てに届いた手紙をどうしようと、もちろんきみの自由だよ。読まずにほっとこうが破り捨てようが、本来、他人の口出しすることじゃない。だけど今回に限っては、頼むから読んであげてくれって俺は言いたい」

僕のけげんな顔を見て、秀人さんは手紙に顎をしゃくった。

「とにかく裏を見てごらん」

じゃ、と言って、再び出ていく。

ドアが閉まってからもたっぷり数分間、僕は天井を見上げたままでいた。腹の上に乗っている二十グラムかそこらの封筒が、まるで岩の塊《かたまり》みたいにずっしりと胃袋を圧迫してくる。

思いきって枕から頭をもたげ、封筒の文字を見る。

予想していたのとは違う筆跡に、肘《ひじ》をついてわずかに体を起こした。とたんにズキンッと突き刺さる頭痛を、片目をぎゅっとつぶってこらえながら、布団の上に手をのばす。英語の文字を書き慣れていないことがひと目でわかる、ぶかっこうな宛名。差出人の名前を見て、僕は思わず苦笑いをもらした。

——JOE HANAMURA。

アホめ。こんなとこばっかカッコつけやがって、普通に「JO」の上に棒線でも引っぱっとけ。そう、思えばあの姉弟《きょうだい》は、本名がそのまま海外でも通用するのだ。弟はジョー、姉は……。

黙って封筒を裏返す。そこには、日本語でもやっぱり汚い字で、こうあった。

〈絶対読めよ、バカ！〉

ものすごい筆圧だった。どれだけの念を込めて書いたらこんなになるんだろう。ボールペンが食いこんで封筒を突き破りそうだ。

体が辛くなってきて、枕に頭を預ける。なおも顔の上でしばらく封筒を眺めたまま迷った末に、僕は、とうとう思いきって封を開けた。

薄いトレーシングペーパーのような便せんが数枚、折りたたまれて入っているのを引っぱり出す。かさこそと広げ、そこに並んでいる文字を見ただけで、うっかり鼻の奥がつんとなってしまった。

勝利へ。

「拝啓」とかって改まるほどのこともないんだけど、「To」で始めればいいのか「Dear」にしたほうがいいのか迷ってたらめんどくさくなったので、単純に「勝利へ」にしました。エアメールだけど、中身は勝利しか読まないんだからいいよな。

　というわけで、勝利へ。


元気ですか。生きてますか。生きてるんなら、オレはとりあえずそれでいいです。

姉貴が送った手紙は届いてますか。電話も二度ばかりかけたみたいなんだけど、そのことは聞いてる？　ダイアンっていう女の人が電話に出て、勝利は秀人さんとフィールドワークだかなんだかに出てて留守だって言われたって。

だけど、そのあともそっちからかけ直してこないってことは、まだ話をしたくないってことなんだろうから、しばらくは自分もかけないようにするって……姉貴、例の困ったみたいな情けない顔で言ってたよ。あれ、本人は普通にニッコリ笑ってるつもりなんだよな。はたからどんなふうに見えてるか気がついてないんだ。

これはあくまでもオレの勝手な想像だけど、勝利はたぶん、姉貴の手紙、一通も読んでないんじゃないかな。わかんないけど、なんとなく。

そうだったとしても、しょうがないと思う。きっと姉貴は姉貴なりにすごく気を遣《つか》って、ふれてもいいこととそうじゃないことを選んで書いてるにきまってるけど、受け取るほうにしてみたらさ。相手が何気なく書いてきたどんな言葉に、崖《がけ》から突き落とされる気分になるかわかんないし。オレだったら怖くて読めねえよ、って思うもん。

だから、もしもこの手紙を勝利が読んでくれてるとしたら、それはある意味、オレのことを姉貴とはどっか別の部分で、信頼っていうのかな、気を許してくれてるからじゃないかと思って、オレはすごく嬉《うれ》しいです。こんなこと、顔合わせたら恥ずかしくて死んでも言えないのに、手紙だとけっこうふつうに書けちゃうから不思議だよな。まあ、これを書いてる今が夜だからかもしんないけど。

姉貴に手紙の返事を書いてやれとか、電話に出てやってくれとか、そういうことを言うつもりはないです。

ただ、これだけ頼みたいんだ。これからも、オレの送る手紙は読んでくれないかな。

こっちのみんなの様子なんて、ほんとは知らされたくないかもしれない。でも、たとえ知りたくなくてもちゃんと知っておく義務みたいなもんが、勝利にはあるんじゃないかって気がする。

言っとくけど、オレは無神経だから、姉貴みたいな気の遣い方はできないし、勝利が聞きたくないようなこともいちいち言葉を選んだりしないで書くと思う。由里子さんのことも、マスターのことも、勝利を心配してるうちの親父とおふくろや、和泉のおじさんや明《あき》子《こ》さんや、それから大好きなお兄ちゃんがどこへ行っちゃったのかわかんなくて、会いたがって泣いてる綾乃《あやの》のこともみんな、遠慮しないで書くよ。もちろん、姉貴のこともね。

ちなみに、姉貴はちょっと痩《や》せました。

こういうこと、聞かされたくないのはわかってるよ。それでも、勝利は読まなくちゃいけないと思う。目をそむけて見ないようにしてちゃいけないと思うんだ。

こっちにいられなくて、オレらから離れてったことを責める気はこれっぽっちもない。

あの時の勝利は、ほんっとズタズタのボロボロで、目なんか死んでたもんな。ヒロエさん、だっけ？　あのやたらと色っぽい大家のおばさんが、オーストラリアにいる弟の助手っていう話を持ってきてくれた時、オレ、びっくりしたけど、すげえほっとしたもん。ああそっか、そういうとこでだったら勝利も少しは楽に息できるようになるかもな、って。なんたって地球の反対側だしさ。

おふくろたちや、和泉のおじさんとかが、最終的には黙って勝利を送り出したのだって、おんなじように考えたからだと思う。みんな、見るに見かねたんだよ。

でもさ。もし、いまそっちでなんとか息ができてるんだったら、とりあえずはそれで充分じゃん。すっごい楽しい気分になんかどうせなれやしないんだから、これ以上は逃げないで、そこで踏みとどまってくれよ。

オレは、勝利にそういうふうでいてほしい。勝手なこと言ってるかもしんないけど。

ここまで書いたとこで、オレ、思いきって電話してみたんだ。英語の人が出たらこっちもバリバリしゃべってやるつもりだったけど、電話とったの秀人さんでさ。話すのは初め

てだったけど、すっげーいい人だね。なんか、安心した。

まあそんなわけで、そっちの様子については、オレがこれからもときどき秀人さんに電話かけて聞くつもりだから、べつにわざわざ手紙の返事とかくれなくていいです。どうしてもくれるって言うなら、もらってやらなくもないけど。

とにかくオレのほうは、また書いて送ります。とりあえずこの最初の手紙を勝利が読んだか読まなかったかだけ、あとで秀人さんが教えてくれる約束になってます。

ほんとはメールのほうが書くのも送るのも楽なんだけど、ネットの回線がオフィスにしか来てないって秀人さんに聞いたから、しょうがない。こつこつ手で書くことにします。

まったく、京子《きょうこ》にだって手紙なんか書いたことないよ。ありがたく読めよな。


じゃあ、また。

やだって言われても書く。

丈《じょう》より

途中の何か所か、書き間違いをペンでぐりぐり消した跡はあったけれど、誤字とか言葉の使い方がおかしいところは不思議なくらいなかった。さすがにヤツの性格で下書きまでしたとは思えないが、書く前にそうとう考え抜いたのは確かだ。

さっき秀人さんが、頼むから読んであげてくれ、と言った理由もこれでわかった。薄紙を重ね、もとどおりたたんで封筒に入れる。

〈絶対読めよ、バカ！〉

凹《へこ》んだ文字を、親指の腹でなぞる。

「……ったく」

思わず、口からこぼれた。

「人のことバカって言う奴《やつ》がバカなんだ、バカ」

胸の上で、封筒をぎゅっと握りしめる。

頭をめぐらせ、チェストの上を見やった。積みあげてある何冊かの本。その本の間に、封を切る勇気もなく、かといって捨ててしまう気にもなれず、そのまま中途半端にはさんである手紙は、この半年の間にもう七通を数えていた。

2

秀人さんのいる研究所は、国立公園の境界線の外側にあった。

ウルル‐カタ・ジュタ国立公園――ここには、世界中から観光客が訪れる世界最大級の一枚岩がある。オーストラリア大陸のヘソ、エアーズロックだ。

とはいえ、この岩の正式な呼び名は、今では「ウルル」と改められている。改めたというより、ようやく本名で呼ばれるようになったというべきかもしれない。なぜなら「エアーズロック」というのは、十九世紀の終わり頃にここを〈発見〉した探検家が付けた名前でしかなくて、でももちろん彼らに〈発見〉なんかされる前から、この岩は先住民の聖地としてここにあったからだ。

長らく「マウント・オルガス」の名で知られてきた大小の奇岩群も、今では「カタジュタ」と呼ばれている。このあたりに住むアボリジニ、アナング族の言葉で「たくさんの頭」を意味するのだそうだ。

観光客のために用意された複数のリゾートホテルも、以前はこの国立公園の敷地内にあったけれど、一九八五年にここがアボリジニの人々に返還されるのに先立って、境界の外、二十キロほど離れた場所に移動した。

研究所が借りている建物は、「ユララ」と呼ばれるその複合リゾートの近くにあった。研究所というよりは正直、研究室、と呼んだほうが正しいような、ほんとうに小さな施設だった。


「ほんと言うと俺も、ウルルへ来てからまだ二年たってないんだ」

あれは、僕がここに到着した当日のことだった。

秀人さんは荷物を置きにいったん研究所へ立ち寄ったあと、再び僕を４ＷＤに乗せて、あたり一帯を案内してくれた。

裕恵さんから僕にまつわるあれこれをどういうふうに聞いていたのかは知らない。でも

とにかく、空港で久しぶりに秀人さんと会っても上手《じょうず》に笑うこともできなかった僕を見て、まずは気持ちを外へ向けさせようと気遣《きづか》ってくれたんだと思う。

あの〈事件〉のあとしばらくたって、〈加害者〉である僕が卑怯《ひきょう》にも日本を逃げ出したのは夏の盛りだった。当然ながら、南半球に位置するこの国は真冬、ということになる。

でも、アウトバックとかレッドセンターとか呼ばれる内陸部の冬は、日本の冬とはまるで違っていた。昼間は春か秋のような心地よさなのに、日が落ちるなり震えあがるほど冷えこむという、砂漠地帯に特有の気候だった。

「以前は、もっと北のほうの研究所にいたんだ。けっこう大きなアボリジニ文化の研究施設がキャサリンにあってね」

「キャサリンっていうと？」

「大陸の北の果てのダーウィンよりほんのちょっとだけ南にある街《まち》。いわゆるトップエンドって呼ばれる地域だね」

オーストラリア大陸の広さは、日本の二十倍以上だと何かに書いてあった気がする。ウルルからいちばん近いのはアリス・スプリングスという町で、そこまでだって四百キロほども離れているのだと秀人さんは言った。

「用がある時はたいてい車で行くけど、五時間以上かかるかな。国内線も飛んでるよ。片道四十五分」

　いちばん近い町まで、飛行機……？

「ちなみにダーウィンまでこの車で行こうと思ったら、そうだなあ、どれくらいかかるかなあ。まあ、ひたすら走り続けたって二十四時間じゃ着かないだろうね」

　想像するだけで気の遠くなるような話だった。この国では、何もかもが日本とは桁違《けたちが》いだ。

「ダーウィンとキャサリンの東側にはさ。アーネムランドっていって、アボリジニたちが自分たちの伝統文化を昔のままに守って暮らす土地がある。広いことは広いよ。北海道と四国を合わせたくらい」

　だけど、いくら広いって言っても、ヨーロッパ人が大挙して押し寄せるまではこの大陸全部が彼らのものだったわけだからさ、と秀人さんは言った。

「ただ、大地と空以外何もないように見えても、アーネムランドは彼らにとってはとても大事な土地なんだ。太古の昔からずっと変わることなく守ってきた神聖な場所がたくさんある。そういうところで俺たち研究者は、現地の部族の長老たちにいろいろ教わったり叱《しか》られたりしていたわけ」

「叱られる？」

「そう。ま、いちばんありがちなのは、部族ならではの掟《おきて》とか不文律《ふぶんりつ》を、こちらが知らずに破ってしまった時だよね。してはいけないことをしたり、言ってはいけないことを口にしたり、入っちゃいけないところに足を踏み入れたりさ。こちらは細心の注意を払って礼を尽《つ》くして接しているつもりでも、知識がなかったためにとんでもないことをやらかしてしまう危険性は常にある。だからこその研究なんだけど、時には長老たちから、うんざりした顔で言われたりもしたよ。『お前たちは阿呆《あほう》なのか？　百年以上にもわたって研究、研究と言ってはあれこれ訊《き》きに来て、これだけ教えてやってもまだわしらのことがわからないのか？』なんてね」

いやもうおっしゃるとおりです、としか言えないよね、と、秀人さんは苦笑いした。

「ただささ、そうは言っても、どうしようもない部分もあるわけでさ。あの人たちにとってはごく当たり前の常識が、俺たちからすると、何度聞いてもなかなか本質を理解しきれないことだったりする。物事の、というか世界の捉《とら》え方が、俺らとは全然違うんだよ。当然、価値観も死生観も宇宙観もまるで違ってる。しかもそこへ西欧の文明と文化が入りこんできて、否応《いやおう》なく変化を強《し》いられたわけだろう？　今となっては彼ら自身が混乱してしまって、もともとあった独自の文化を守りきれなくなってるんだよ。そういう中で、実際、アル中も失業者も、犯罪者も増えてる」

いい天気だった。半分くらい下ろした窓から、ひんやりとした心地よい風が吹き込んでいた。

前方には、これまで写真や映像でしか見たことのなかったエアーズロック――ウルルが、ずんぐりとした姿で横たわっていて、そのほかは何もなかった。道の両側にも行く手にも見渡す限り赤い大地が広がり、はるかな地平線で交《まじ》わる空の青さとのコントラストときたら鮮やか過ぎて目の奥がきりきり痛くなるくらいだった。

「なんか、そうやって聞くとアメリカのインディアンみたいですね」

と、僕は言ってみた。

せいぜい世界史の授業で聞きかじったくらいの知識しかないけれど、構造としては似ているところがあるんじゃないかと思ったのだ。

「そう、まさにそれなんだよね。ネイティヴ・アメリカンの人々も、やってきたヨーロッパ人に親切心からひさしを貸してやったら、母屋《おもや》を奪われた。仲間を大勢殺されて、居留地へ追いやられて、土地を切り売りされたわけだ。今あるアメリカは、言ってみればその犠牲《ぎせい》の上に成り立ってる。オーストラリアに入植してきた連中も、やっぱり当初はものすごい数の先住民を虐殺《ぎゃくさつ》した。なんてひどいことをするんだって思うだろう？　だけど、日本人だってかつては同じことをしたんだよ。たとえばアイヌ民族の人たちを相手にね」

何も白人だけが極悪非道だったわけじゃない、と秀人さんは言った。

「今どきはこの国でも、アボリジニの人々の復権だとか、人種をこえた共生だとか、やたらと美々《びび》しく言われることが多くなったけどさ。現実にはそんなにうまくはいってない。いまだにあからさまでひどい差別があってね。俺がたまにシドニーなんかへ行くとするだろ。バーで隣り合った気のいい爺《じい》さんがさ、深刻な顔を作ってしみじみ言うんだよ。『俺たちはアボリジニの連中に、ほんとに申《もう》し訳《わけ》ないことをした』って」

それのどこがひどい差別なんだろうと思ったら、秀人さんはこう続けた。

「『いっそひと思いに皆殺しにしておいてやれば、今になってこんなに辛《つら》い思いを味わわなくて済んだろうに』。そう言って、いたずらっぽくウィンクしてみせたりする」

絶句している僕を横目で見て、秀人さんは、ほんとのことだよ、というようにうなずいてみせた。

「だけどさ。一方では、そう言いたくなる爺さんの気持ちも、まったくわからないわけじゃないんだ」

「え」

「過去の過《あやま》ちを認めた政府から、今じゃ手厚く保護されて、働かなくてもとりあえず食べていけて、ちょっと給料を手にしたら全部その日のうちに飲んですっからかんになって、当然アル中になって、昼間から道ばたで座りこんでは暴れて、しょっちゅう問題ばかり起こす。そういうアボリジニたちが、特に町なかにはほんとにたくさんいる。その彼らを養《やしな》う財源は、国から、つまり市民の血税《けつぜい》から出てるわけだからさ。いくら言葉でばっかり、アボリジニは誇り高い人々だとか、共生がどうだとか理想を言われたって、現実にはなか

なかに無理があるよね」

言葉を見つけられずに僕が黙りこんでいると、

「おっと、ごめんごめん」

秀人さんは済まなそうに言った。

「初日からいきなりヘヴィな話を聞かせちゃったな。こんな話をするつもりで連れ出したんじゃなかったんだけど。仕事柄、聞いてくれそうな相手を見つけるとついついレクチャーしたくなる。悪い癖だよ」

「いや、そんなことないです」と僕は言った。「聞きたいし、ちゃんと知っておかなきゃいけないことだと思うし」

「ま、それもそうか。これからはここで働いてもらうんだもんな」

「すいません」

「何が?」

「まだ、ほとんど勉強できてなくて。こんなふうにお世話になる以上、本当はちゃんと本とか読んで準備してくるべきだったんですけど」

秀人さんは、答えずにじっと僕のほうを見た。前を見なくて運転は大丈夫なのかと心配になるくらい長いこと見ていた。

「休学届けは、出してきたんだよね」

と、やがて秀人さんは言った。

「……はい」

大学に行かせてくれた親父や、無理なバイトを増やさなくても済むように援助してくれた花村《はなむら》のおじさんとおばさんの顔を思い浮かべると、申《もう》し訳《わけ》なさに胃が縮んだ。あの人たちを裏切って、僕はこんなところで何をしているのだろう。

「そうか。じゃあ、これからの時間は有効に使わなきゃな」

「はい」

「あらかじめ調べて来られなかったのは仕方がないよ。だいたいの事情は聞いてるし、とてもそれどころじゃなかったのもわかってる」

「…………」

「でもさ。通りいっぺんのことを言うようだけど、人間、生きてる限りは、永遠に立ち止

まっているわけにはいかないんだから。これからは頑張って勉強してもらわなきゃ」

「はい」

「よし、オーカイ」

え？　と訊き返すと、秀人さんは笑った。

「オージー風の発音さ。『エイ』を『アイ』って発音するんだ。デイはダイ、エイトはアイト。映画の『クロコダイル・ダンディー』とか、観たことない？」

言われてみれば、うっすらと覚えていた。挨拶の「Good day!」が「グッダイ！」になるんだった。

で、話を戻すけど、と秀人さんは言った。

「いろいろ問題はあるにしても、俺は、アボリジニの人たちが好きなんだよ。正直、愛憎相半《あいなか》ばしてるって感じかもしれないけど、それでもやっぱりさ」

そうでもなきゃ、まったく儲《もう》かりもしないこんな仕事、長くは続けられないよね。そう言って笑う顔は、久々に見る、あの容赦《ようしゃ》のない笑顔だった。

「きみもたぶんすぐに会うことになるけど、生粋《きっすい》のアボリジニは、褐色《かっしょく》というよりほんとうに黒い肌をしててね。でも、昔に比べると部族以外との結婚も多くなって、肌の色のいくらか薄い人や、どう見ても白人がちょっと日焼けした程度にしか見えない人たちも増えてきてる。話す言葉だってほとんど英語になってるせいで、俺ぐらいの年齢だともう、部族の言葉をまるきり話せなくなってるんだ。言葉だけじゃなくて、しきたりとか掟もそう。考えてみれば、あの頃しょっちゅう長老から叱られてたのは俺たちよそ者ばかりじゃなかったな」

そんなふうな、それこそヘヴィな話をしながらも、秀人さんの口調にはどこか、以前を懐《なつ》かしむような響きがあった。

「どうして、こっちへ来たんですか?」と、僕は訊いてみた。「向こうの研究所が嫌《いや》になったってわけじゃないんですよね」

うん、そうじゃなかった、と秀人さんは言った。

「もとはといえば、ダイアンに誘われたんだ。ほら、さっき研究所で挨拶《あいさつ》したろ。ダイアン・ジョンストン。紺色《こんいろ》のセーターを着てブロンドの髪を束ねてた、あの小柄な彼女」

わかりますよ、もちろん、と僕は言った。

「会うなり、ああなるほど裕恵さんにちょっと似てるな、って思いましたもん」

秀人さんは、びっくりしたように、また助手席の僕に顔を向けた。

「よく覚えてるね、そんな話」

「覚えてるも何も」

忘れられるわけがない。秀人さんのパンチで前歯を折られた翌晩という、強烈に特殊な状況で聞かされた話だ。

あの晩、秀人さんは初めて裕恵さんへの——つまり兄の妻への想いを、僕の前ではっきりと口にして、その流れで同僚のダイアンの話をしたのだった。

実際に会ってみると、彼女にはたしかに、いろんな意味で裕恵さんを彷彿《ほうふつ》とさせるところがあった。年齢を感じさせず、さばさばとしているのに女っぽいところとか、背が小さいのにやたらとパワフルなところとか、ちょっとせっかちな喋《しゃべ》り方とか、あとはそう、目の光の強さとか。

「あのダイアンもさ。以前は同じキャサリンの研究所にいて、俺が入ったあと数か月で辞《や》めていったんだけどね。そりゃあもう優秀な人でさ。頭は切れるし、視点がユニークだし、相手が誰であれきちんとその立場に立って配慮できるし。だからキャサリンにいた時は、現地の先住民たちからもものすごく頼りにされて、しょっちゅう相談事を持ちかけられたりしてたな。また面倒見がいいんだ。いささか良すぎるくらいに」

何を思いだしたのか、秀人さんはちょっと含み笑いをした。

「で、その彼女が、あるとき俺に電話してきたわけさ。自分はいまウルルにいるんだけど、あなたもこっちに来る気はないか、ってね」

最初にそれを聞いた時点では、秀人さんは断《ことわ》ろうと考えた。

何しろウルルといえば、オーストラリア有数の、いや世界でも有数の観光地だ。そういうところで長年暮らしてきた先住民が、独自の文化を色濃く保《たも》っているとは考えにくい。言ってはなんだが、へんに観光客ずれしてしまっていて、意味のある研究などできないのではないか。そう思ったという。

「だけど、ちょうどその頃に、観光客のウルル登山がすごく問題になってきててさ。ほら、見えるかな、あそこ」

4WDのハンドルから右手を放して、秀人さんはだんだん近づいてくるウルルの赤茶けた岩肌を指差した。

「あの、途中で少し影になってるとこ。ふもとから頂上まで、白い点線みたいなのが見えるのわかる?」

僕は、埃《ほこり》っぽいフロントガラス越しに目を凝《こ》らした。最初はわからなかったが、目が慣れてくると、なるほど巨大な岩の隆起に沿《そ》って小さなアリの行列のようなものが見える。

「あれ、みんな登山客」

「えっ」

「あれ全部、人。すごい数だろ」

秀人さんはハンドルに手を戻した。

「風の強い日だとか、アボリジニの儀式がある時なんかは入口が封鎖《ふうさ》されるから、登れるのはだいたい、年間で百日から百五十日くらいかな。それだけに、もともと登る気満々で来た観光客は、それラッキーとばかりにてっぺんを目指すわけだけど……」

「――けど?」

「ウルルっていうのはさ。このあたりの先住民、アナング族っていうんだけど、彼らにとってはものすごく大切な聖地なわけだよ。これはよく誤解されてて、『ウルルはアボリジニの聖地』って思いこんでる人も多いけど、本当はあくまでもこのあたりに住むアナング族の聖地なわけ。だって、ひとくちにアボリジニって言っても、これだけ広大な国だろ。離れた場所に住む部族では言葉もぜんぜん違ってて、お互いにまったく通じないくらいだからね」

「まったく?」

「そう、まったく」

と、秀人さんは言った。

「で、とにかくアナング族の人たちは、自分たちではまず絶対にウルルに登らない。当然、よそ者が登ることも快く思ってない。人間が足で踏んでいいような場所じゃないんだ。考えてもごらんよ。日本人の俺たち、せいぜい正月にしか神様を拝まない俺たちでさえ、神社とかのいちばん奥の神聖な場所に、外国からリュックしょって物見遊山《ものみゆさん》で来た連中が土足で踏みこんで、親指立てて記念写真なんか撮ってたら、てめえらふざけんなこの野郎って思うだろ?」

確かに、と僕は言った。

「観光客がウルルに登るっていうのは、喩《たと》えて言うならつまりそれと似たようなことでさ。おまけに、百倍も千倍も意味が重いんだよ。俺たちと違って、彼らのドリームタイムはいまだに脈々と続いてるからね」

「ドリームタイム」

「そう。つまり彼らの先祖が……」

言いかけてふっとやめ、秀人さんは微笑した。

「それについては、俺からレクチャーするのはやめておこう。そう簡単に説明できるようなことでもないしね。知りたかったら自分で調べてみるといいよ。本や資料ならいくらでも貸してあげられる」

わかりました、ぜひお願いします、と僕は言った。

「ただ、言えるのは、彼らの側にも背に腹は代えられない事情があるってことかな。この国立公園は、アボリジニに返還されはしたけど、そのあとオーストラリア政府があらためて彼らから借り受けていてね。世界中からの観光客が落としていく入園料は膨大《ぼうだい》な額になるし、そのおかげで毎年毎年、アボリジニの側にもそうとうの収入が約束されてることは事実なんだ。彼らにしてみると、心情的にはウルル登山に絶対反対って言いたくても、なかなか言い切れないジレンマがあるわけさ」

道は、赤い巨大な岩山の周囲をぐるりとまわってなおも先へと続いていた。荒野の真ん中に唐突にそびえる台形の一枚岩が、まるで蜃気楼《しんきろう》かＣＧのようだった。

高さが約三百五十メートル、周囲が九キロちょっと。地上に出ている部分は、全体の三分の一とも四分の一とも、はたまた十分の一とも言われているそうだ。ちょうど海に浮かぶ氷山みたいなものなんだなと思ったら、実際、太古の昔にはここはほんとうに海だったのだと秀人さんは言った。

でも、そんなことを聞かされても全然ぴんとこなかった。あたりには、糸のように長くしだれる葉を持つ木が点々とはえているほかは比較の対象が何も無い。そのせいで、どれだけ岩に近寄っても大きさがつかめないのだ。遠近感がばかになるというか、人間の持つ尺度なんてこんなにあてにならないものなのかと自分にあきれてしまうくらいだった。

ゆっくりと車を走らせながら、秀人さんはウルルについて、あるいはアボリジニについてのいろんな逸話《いつわ》を次々に披露《ひろう》してくれた。当たり前かもしれないけれど、ものすごく詳《くわ》しかった。

「まるで研究者みたいですね」

　と僕が言うと、秀人さんは笑いだした。

「ごめん、喋り過ぎだよな」

「いえ、そういう意味じゃなくて」

「まあ、こっちへ来てから公園のレインジャーの仕事もさせてもらってるおかげで、特にウルルに関してはよけいに詳しくなったよね」

　レインジャー。これまた似合いすぎだ、と思った。カウボーイハットにサファリシャツ、足もとはごついブーツ。いつもの秀人さんの普段着は、もうそのままレインジャーの制服みたいだった。

「最初はけっこう迷ったけど、今じゃ誘ってくれたダイアンに感謝してるんだ。幸い、所長も自由にやらせてくれる人だし」

「あの、奥さんを亡くされたっていう日本人の方ですよね」

「そうそう、その人」

きみほんとによく覚えてるよね、と秀人さんは言った。

「このあたりのアナング族の人たちは、確かに観光客相手に商売したりもするけど、だからといってそれをひとくくりに〈観光客ずれ〉みたいに捉えるのは、ちょっと違う気がしてる。彼らのおかげで、何も知らなかった人々がわずかなりともアボリジニ文化を垣間見《かいまみ》て、それぞれに何かしら考えて帰っていくわけでさ。まあ残念ながらぜんぜん考えない人もいるし、どの国にも同じくらいの割合で阿呆はいるものなんだけど、逆に、ものすごく胸打たれてもっと知ろうとする人だってたくさんいるわけだよ。そもそも俺がそうだったしね」

「そうなんですか」

「うん。俺がアボリジニ文化を研究したいと思い立ったのも、もとはといえば大学を長いことほったらかしてこの国をうろうろしてた時に、たまたまディジュリドゥっていう楽器の音色《ねいろ》を聴いて感電したみたいになっちゃったからでさ。そういう意味では、俺は物見遊山の観光客のことをとやかく言えるような立場にはないわけ。で、そうやってあらためて考えてみると、専門的な研究機関で額に皺《しわ》寄せて学術調査をくり返してるより、むしろ今みたいな仕事のやり方のほうが、俺には合ってるんじゃないかと思えてきてさ。もちろん研究は研究で続けながらだけど、その一方でレインジャーとして観光客を案内したり、ツアー会社を相手にレクチャーしたりすることで、自分がこれまでに得た知識を有効に活《い》かすことができる。専門の学者しか読まないような論文を書くのはほかの連中に任せて、俺はこういうふうでいるのがいいかなあ、なんてね。じつは最近とみに思い始めてたところだったんだ」

だから、と秀人さんは言葉を継《つ》いだ。

「勝利くんがこっちへ来てくれたことが、俺としてはとても嬉《うれ》しい」

いきなり言われてびっくりした。

でも答えられずに、僕は黙っていた。

「きっかけになった出来事を考えると、単純に嬉しいなんて言うべきじゃないのはわかってるよ。だけど俺、ずっと前から誘ってただろ？　きみにはこういうのがけっこう向いてるんじゃないかって」

そうだ。秀人さんは以前から、夏休みにでもオーストラリアまで自分の助手のバイトをしにおいでよと僕を誘ってくれていたのだった。その時は、おもに英語が喋れないという理由で、なんとなくうやむやになっていたのだけれど。

「……ありがとうございます」

と、僕は言った。自然と低い声になった。

「でも、足手まといになっちゃうんじゃないかと思って、心配で。英語は今だってろくに喋れないし、何をしていいかもよくわからないし、アボリジニの人たちについてもほとんど知らないし。こんな俺にも、ちゃんと手伝えることがあるといいんですけど」

「何をすればいいかは、もちろん俺が教えるさ」

と秀人さんは言った。

「アボリジニについては、これから勉強すればいい。もちろん英語もね。習うより慣れろ、だよ。英語ほどシンプルな言語はめったとないんだから」

前にもそう言われたような覚えがある。

それでもよほど浮かない顔をしてしまっていたのだろうか。秀人さんは僕を見てくすりと笑った。

「なあ、勝利くん」

「はい」

「ちょっと気が楽になることを教えてあげようか」

「……お願いします」

「これは、何の研究にでも言えることだと思うんだけどね。あんまり知り過ぎてるっていうのも、それはそれで駄目なんだ。もちろん常識の範囲内の知識は持っておいて欲しいけど、そこをこえて、自分で『知ってる』って思ってしまうと、それ以上のことを吸収できなくなる。何を見ても新鮮に感じられなくなって、逆に何もかもを自分の用意してあった箱の中に当てはめて分類していくようになる。どこにも分類できないことを見つけることこそが俺らの仕事なのにね。言っとくけど、驚けなくなったら、研究者はそこで終わりだよ。鼻のきかなくなった警察犬みたいなものさ。だから、きみがいまアボリジニについて何も知らないってことは、ある意味、大きな武器になる。何を見ても何を聞いても、きみだけの新しい驚きをもって感じたり考えたりできるってことなんだからさ。その感覚をこれから味わえるっていうのは得難《えがた》い強みだよ」

できれば大事にしていってほしいな、と秀人さんは言った。これから徐々に知識を得ていったとしても、物事に感動する目だけは鈍磨《どんま》させないでほしい、と。

「わかりました。努力します」

と、僕は言った。


思えば、あの日、そうやって秀人さんといろんな話をしていた間、僕はほんの何分かずつだけれど日本でのことを忘れていた。

あとからそれに気づいた時は、反動のようにひどいやましさに襲われた。つねに思い詰めていたって何の贖罪《しょくざい》にもならないとわかっていても、たとえ一瞬でも責任と罪を忘れて全然関係のない話に興《きょう》じた自分を思い起こすと、日本がある北へ向かって土下座したい気持ちになった。

そうとうまいっていたんだな、と今になって思う。

丈から届いた手紙は、僕の心を、というか精神を、魂《たましい》を、久しぶりに日のあたる場所へ

引きずり出してくれた。あれを読んだからといって現実に何かが大きく変わるわけではないのに、何だろう、なぜだろう――うまく言えないけれど、現実をどうしようもない現実としてまず認め、それと真っ向から対峙《たいじ》していくための心の準備、みたいなこと……それを僕に始めさせる最初のきっかけにはなってくれたんだと思う。

すべての現実から顔をそむけ、自分を責《せ》め続けて膝《ひざ》を抱《かか》えているのは、ある意味いちばん楽なことなのだ。自分で自分を激しく責めてさえいれば、人からはそれ以上強く責められずに済むのだから。

でも、秀人さんの言うとおり、人は、生きている限り永遠に立ち止まっているわけにはいかない。

あるいは丈の書いてきたとおり、僕は、日本で起こっていることから目をそらし続けるわけにはいかない。

こんなにどうしようもない僕を、地球の反対側へ逃がしてまで見守ろうとしてくれた人たちがいる。その中に、当の由里子さんやマスターまでが含まれているということを思うと、今さらながらに泣けて泣けて、どうにもたまらなかった。

いちばん辛かったのは、誰だ。僕か？

そうじゃない、本当だったら今ごろはまるまるとした赤ん坊を腕に抱いて笑っていたあの人たちこそ、誰よりも辛かったはずじゃないか。なのにあの人たちは、ひと言も僕を責めなかった。むしろ、いちばんに気遣ってさえくれたのだ。

あの人たちの気持ちに報《むく》いるためにも、とりあえずはここでの日常をしっかり生きなくちゃいけないんだ、と自分に言い聞かせる。償《つぐな》えない罪を罪として、いつかちゃんと由里子さんとマスターの前に立って裁《さば》いてもらうためにも。

今ごろ何を……という気もするけれど、気がつかないよりはマシだと思うしかなかった。

秀人さんのところへ来て半年がたち、ウルルにもそろそろ夏が訪れようとしていた。

3

文化人類学とは、読んで字のごとく、ある国や地域に暮らす人々の文化を研究する学問だ。でも、ひとくちに「文化」と言っても、あまりにも茫漠《ぼうばく》としていて捉《とら》えどころがない。どんな言葉を話し、何を着て、何を食べ、どういうしきたりを守って暮らしているのか。子育てはどんなふうにするのか、家族の中でいちばん偉いのは誰か、どんなことを言われれば怒り、喜び、何が幸せで何が不幸であると考えるのか……。

たとえばの話、日本人である僕らが、外国から来た人間に、

「ふだんはどんな暮らしをしてるんですか?」

そう訊《き》かれたとする。

いったいどう答えるだろう。

「どんなって……べつに、ふつうですけど」

そんなふうに答える程度が関の山なんじゃないだろうか。

でも、僕らにとっての「ふつう」は、違う文化圏に生きる人たちから見たらぜんぜんふつうじゃないかもしれないのだ。食べものにせよ、着るものにせよ、ものの考え方にせよ、質問されて一つひとつ細かく答えていったとしても、それはあくまでも自分の場合に限定された答に過ぎない。どれだけ客観的で正確であるかも、保証の限りじゃない。

人は、自分自身のことほど見えないものだ。ふだん「ふつう」で「あたりまえ」と思いこんでいることならなおさら、あらためて意識して、言葉にするのは難しい。

だからこそ秀人さんは僕に、物事に対する驚きや感動を鈍《にぶ》らせないでほしい、と言ったのだと思う。この土地に暮らす先住民アボリジニの人たちが「ふつう」で「あたりまえ」と思っているいろんなことに対して、いつでも敏感に反応できるように。

僕にとってそれは、今のところは難しくも何ともなかった。何もかもがあまりにも新鮮で、むしろ、驚きが顔に出すぎて失礼にならないように気をつけるほうが難しいくらいだった。

ただ、いくら秀人さんが「助手のアルバイト」という名目で僕を呼び寄せてくれたにしても、現実問題として、僕にできることなんて限りがある。

専門的な知識は無きに等しいから、学究面ではほとんど役に立たない。日本の運転免許さえ持ってなかったから、使いっ走りとしても今ひとつだ。

助手として手助けするどころか、一方的に助けてもらってばかりの状況で、僕は初め、バイト代を辞退しようとした。どう考えたってプラスよりマイナスのほうが大きいのに、もらうわけにはいかないと思った。

でも、

「受け取ってくれないと困るんだよなあ」

僕の前にバイト代の入った封筒を置いて、秀人さんは言った。困る、と口で言う時は、ほんとうに困った顔をする人だった。

「きみの気持ちはわからなくもないけど、こっちとしてもさ。タダ働きさせてると思うと、用事を頼みたくても頼みにくくなるわけでさ」

「いえ、それはいくらでも言ってもらっていいんです。俺としては、ここに置いてもらってるってだけで面倒かけてるんですから、何かさせてもらわないと」

「そりゃもちろん、何かはやってもらうよ。遠慮なくやってもらうためにも、バイト代は受け取ってくれないと困るわけさ。なあに、大丈夫。心配しなくたってどうせ雀《すずめ》の涙だ。いま開けて、見てみればいいじゃないか。こんな押し問答してることのほうが馬鹿ばかしくなるから」

促《うなが》されて、僕は封筒を手に取った。中を覗《のぞ》くと、オーストラリア・ドルのよれた紙幣が数枚と、コインがいくつか入っていた。

よく数えたわけじゃないけれど、確かにそんなに多い額じゃない。でも、それでも「もらえない」という気持ちに変わりはなかった。

ここに滞在している限り、自炊は日本より安上がりだし、出費の機会自体がほとんどない。何しろ徒歩圏内の店といったら、リゾートホテルの敷地の中にたったひとつ小さいスーパーがある以外はTシャツ一枚買おうと思ったって土産物屋《みやげものや》しかないのだ。

「うちの研究室も貧乏なもんだから、雑務のバイトっていうとそのくらいしか出せなくて悪いんだけどさ」

「いえそんな、」

と言いかけると、

「いいんだって」

秀人さんは大きなてのひらを僕に向けた。

「何も、所長や俺が自腹を切ってるわけじゃない。一応、研究所の年間予算の中から出てるんだから。それでも申《もう》し訳《わけ》ないと思うんだったら、そのぶん頑張って働いてくれればいい。その気になれば勉強することはいくらでもあるし、なんならこっちにいる間に車の運転も覚えるといいよ」

目をむいた僕に、だって日本で免許を取るよりはかなり簡単だから、と秀人さんは事も無げに言った。

「ただ、こっちでの運転に慣れちゃうと、日本に帰った時、そりゃあ怖《こわ》いんだけどね。日本の道路は、ありゃいくらなんでも狭すぎる」

そんなわけで、僕はこの半年の間に、オーストラリア先住民に関する本をできる限りたくさん読んだ。秀人さんの部屋へはいつでも好きな時に入っていいと許可をもらっていたので、本棚に並んでいる日本語の文献はとにかく片っ端から読みあさったし、英語のものでも図版や写真が多いものから手にとって、少しでも読み解こうと試みた。

もちろん、それと並行して英会話の勉強もした。

〈習うより慣れろだよ〉

秀人さんはそう言っていたけれど、まず耳が慣れ、少し遅れて口が慣れてゆく過程においては、目から情報を得て考えたり暗記したりする作業もやっぱり重要になる。

中学以来、これほど真面目に英語を勉強したことはなかった。今すぐ必要なんだと思うと、集中力が増すというより、集中の種類そのものが全然違っていた。いわゆる火事場の馬鹿力みたいなものが、アドレナリンとなって脳内を駆けめぐっている感じだった。

そのうちに、同じく秀人さんから〈英語ほどシンプルな言葉はない〉と言われた理由もだんだんわかってきた。

日本語みたいに、何かというと前置きや説明を先に口にするんじゃなく、まずはいちばん言いたいことから告げ、説明はあとから付け加える——そういう順番で文章を組み立てるのがコツらしい。

日本人的な感覚からすると、いきなり結論からだなんて、ぶっきらぼうで失礼な感じがしてしまうけれど、しょうがない。主語のあとにはとにかくなるべく早く結論を述べるものと決まっている。いくら僕がこのとおり優柔不断な性格だからといって、英語の文法を勝手に変えるわけにはいかないのだ。

この近辺で日本語の通じる相手といったら、秀人さんとヨーコさんと、時々顔を合わせる研究所の所長しかいなくて、それ以外の相手とはどうしても英語で話さざるを得ない。

そういう逃げるに逃げられない環境の中で、二か月、三か月とたつうちに、僕は、自分がこれまで英語を全然話せずにいた（あるいは話せないと思いこんでいた）いちばんの元凶が何かを悟《さと》った。

コンプレックスだ。

なまじ中学から何年もかけて英語を学んでいるだけに、たぶん僕だけじゃなく、日本人の多くが、流暢《りゅうちょう》に英語を話せない自分にコンプレックスを抱《いだ》いている。話せないことを恥ずかしいことだと思い、恥をかきたくないから人前で喋《しゃべ》ろうとしない。

でも考えてみたら、そもそも母国語でも何でもないんだから、最初は上手《じょうず》に話せなくたってしょうがないじゃないか。日本に来たばかりの外国人が、一生懸命に日本語で意思の疎《そ》通《つう》をはかろうとしているのを見て、そのたどたどしさを指差して笑う人がいるだろうか。むしろ、頑張って僕らの言葉を話そうとしていることを、嬉《うれ》しくさえ思うんじゃないだろうか。

そんなふうに考え方を変えて無理やりにでも腹をくくったことで、ようやく、それまで自分の舌を縛《しば》っていた呪《のろ》いみたいなものが解けていった気がする。

僕は、できるだけ積極的に人と話すようになった。秀人さんやヨーコさんと二人きりの時に英語で話すのはやっぱり気恥ずかしかったから、たいていは「英語しか話せない人」を相手に選んで会話を試みた。

途中までほとんど喋らなかったせいで、無口で無愛想な奴《やつ》とばかり思われていたらしい。そういう僕の〈変化〉にまわりは驚いたようだけれど、中には面白がって相手をしてくれる人もいた。ヨーコさんと同じツアー会社でバスの運転手をしているラルフや、研究所スタッフのダイアン、それにダイアンの友人でアボリジニのマリアなどが、辛抱強《しんぼうづよ》く僕の相手を務めようとしてくれた。何の得にもならないのに、本当にありがたいことだった。

自分でも、へたくそで間違いだらけの英語だってことはわかっていた。時制の一致なんかは夢のまた夢で、動詞の活用もでたらめなら、複数形のｓさえしょっちゅうすっ飛ばすくらいのどうしようもなさだった。

それでも、とにかく相手と同じ言葉で話そうとする姿勢が大事なんだと自分に言い聞かせて、僕は話し続けた。伝えるべき内容よりもまず先に、伝えたい、と願うこちらの気持ちこそが相手に伝わるんじゃないか……。

そうやって、しゃにむに喋り続けたおかげだろうと思う。

このごろでは、あくまで日常的な会話に限ってだけれど、そんなには困らずにこなせるようになった。難しい言い回しや、凝《こ》った表現はできない。口にする文章は細切《こまぎ》れで、長いセンテンスは喋れない。でも、世に言う「中学三年までの英語をマスターすればだいたいの会話はできる」というのは、どうやら本当のことのようだった。

喋っている中で、相手の話の内容を途中で見失うなんてことはしょっちゅうある。わからない単語も、無数にある。

でも、わからないと思った時、今のはどういう意味なのかを相手に訊き返し、別の表現で説明してもらい、最終的にはだいたいの理解にこぎ着けられるようになったのだ。

僕にとってそれは、原始の猿が二本足で歩いたのと同じくらいのものすごく大きな進歩だった。

＊

「あなたの頑張りは認めるわ、イズミ」

高熱を出してぶっ倒れた僕が、一週間ほど寝込んだあとで、ようやく日常に復帰したのは今朝《けさ》のことだった。

「どれだけ努力してるかは見てればわかるし、賞賛に値すると思う。だけどね、そのせいで健康を害してるようじゃ、本末転倒でしょう？　何の意味もないとまでは言わないけれど、せっかくの評価が半減しちゃうのよ。わかる？」

いちばんに迎えてくれたのは、ダイアンのお説教だった。自分のデスクの角のところに軽く腰かけた姿勢で、彼女は目の前に立たせた僕に向かって人差し指をふり立てた

「ヒデに聞いたけど、あなた、日本でも一人で暮らしてたんでしょ?」

「はい」

「料理だって上手なんでしょ?」

「ええと、まあそうですね、はい」

「だったら、自己管理くらい簡単にできてしかるべきじゃないの。違う? もういいかげん大人なんだから、自分の健康状態ぐらいちゃんと把握《はあく》できるようでなくちゃ駄目でしょう。自分の体調さえコントロールできない人間に、ろくな仕事ができるはずないんだから」

「すみません」

「私はね、イズミ。あなたにすごく期待してるのよ。だけどあなたが、まわりの期待に応《こた》えるために黙って無理ばっかりする人なら、これから先はあんまり期待しないように加減しなくちゃならないわ。それでもいいの?」

「いいえ」

　よくないです、と僕は言った。

「だったら、これからはもっと気をつけて、自分自身をコントロールすることを覚えなさい。心と体を、完璧《かんぺき》に自分の支配下におくの。わかる?」

僕は、考えてみた。心と体を支配下におく――それは、陸上をやっている間、ずっと自分に課してきたはずのことだった。

「できる?」

ダイアンが片方の眉《まゆ》をつり上げるようにして僕を見る。

やってみます、と言いかけて呑《の》みこみ、僕は言った。

「できます」

「よろしい」

オーカイ、とうなずくと、ダイアンはようやく表情を和《やわ》らげ、僕を解放してくれた。デスクの角から腰を上げる間際、短いため息とともにつぶやいた。

「まったくもう。心配させて」

「――Thanks.」

と、僕は言った。Sorryという言葉よりも、この場にはふさわしい気がしたからだ。

ダイアン――ダイアン・ジョンストン。

はっきり確かめたことはないが、たぶん三十代の半《なか》ばを少しこえたくらいだろうか。秀人さんの同僚であり、研究所のチーフも務める彼女は、オージーにはめずらしいくらい小柄な体に未曾有《みぞう》のパワーを秘めた人だった。

金髪をひとつに束ね、たいていは黒とか紺色《こんいろ》といった濃い色の服を着ている。とりたてて美人というわけではないし、本人も気にしているとおりいささかぽっちゃり体型なのだけど、前に秀人さんが「すごくモテる」と言っていたのもうなずける気がした。内側からあふれる知性こそが何より女性を輝かせる、ということの見本みたいな人だった。

さらに、彼女に独特の魅力を与えているのは、目だった。明るいブラウンの瞳をエメラルド色の光彩が放射状に彩《いろど》っていて、顔を見ながら話しているとまるで万華鏡《まんげきょう》を覗いているみたいなのだ。それだって、彼女の表情の豊かさがあればこそなのだと思う。無表情な人の顔にあんな色の瞳が埋め込まれていたら、へたをするとアンドロイドみたいに冷たく見えたかもしれない。

壁際《かべぎわ》のワゴンに置かれた保温ポットから自分のカップにコーヒーを注ぎながら、

「だいたいね、ヒデがいけないのよ。イズミに頑張れなんて言うから」

ダイアンの攻撃の矛先《ほこさき》は、今度は秀人さんへ向けられた。

御世辞にも広いとは言えないオフィスに置かれた幾つかのデスクのうちでも、いちばんうずたかく積まれた本の山の向こうから、秀人さんが伸びあがる。

「俺、そんなこと言ったっけ」

「言ったでしょ。イズミがバイト代を遠慮した時、そんなに気になるならそのぶん頑張ればいいって」

いや、それは僕が勝手に……と口をはさみかけたのだけれど、ダイアンに目で黙らされた。

「言ったでしょ？」

秀人さんは、首をすくめるようにしてうなずいた。

「言った。確かに」

「それでなくても頑張り過ぎちゃう性格の人に、追い打ちをかけてどうしようっていうのよ。そういうことは、相手を見てからおっしゃいな」

「はい。どうもすいません」

「ほんとにもう。男って……」

ぶつぶつ言いながら、ダイアンはコーヒーを手に、自分の席に腰をおろした。

男って、のところを複数形で言ったのは、秀人さんと僕をさしているのか、それとも男ども全般という意味なんだろうか。どちらにしても女の人にそう言われてしまうと、男は降参する以外にない。

でっかい体を縮こまらせた秀人さんが、本の山の陰《かげ》に隠れるようにしながら僕に向かって、ごめん、と拝む仕草をする。僕は笑って首を横にふった。言うまでもないことだが、秀人さんは何も悪くなかった。

「今日は所長は？」

僕が訊くと、ダイアンは少し沈んだ面持《おもも》ちになった。

「自宅で書類整理ですって」

え、また？　という顔を僕がしてしまったせいだろう。彼女はほろ苦い笑みをうっすらと浮かべ、黙ってうなずいた。

「なに、勝利くん、佐藤《さとう》教授に何か用事？」

秀人さんが再び伸びあがる。本の山のてっぺんに、目から上だけが覗く。

「いえ、そういうわけじゃないんですけど。こんなに長く休んじゃったんで、ご挨拶《あいさつ》しなきゃと思って」

「ああ、それなら大丈夫だよ。佐藤さん、ここへはこの一週間の間に一回だけ、それもほんのちょこっと寄っただけだから、きみが休んでたこともたぶんわかってないと思う」

「――そうですか」

ギシッとオフィス椅子《いす》が派手にきしむ音が響いた。本の要塞《ようさい》の陰に隠れて見えないけれど、秀人さんがいつものように椅子の背にもたれかかり、デスクの上に両脚《りょうあし》を載《の》せたに違いなかった。

「佐藤さんもなあ……」

日本語でつぶやいたあとに続いたのは、溜め息だけだった。

それでも、秀人さんが言いたいことは予想がついた。研究所長として、もうちょっとちゃんとしてくれないと――そういう意味のことが言いたいんだろう。

佐藤教授は、福岡《ふくおか》出身の五十二歳。天然で浮世離れしている以外はあんまり学者っぽくない、見た目はふつうに居酒屋とかにいる気さくなおじさんといった感じの人だった。うちの親父がしばらく福岡に単身赴任《ふにん》していて、僕も訪ねていったことがあると話したら、懐《なつ》かしがって事細《こま》かにあれこれ訊かれたものだ。

そうやって話している限り、どことい って変わった様子はない。

でも、どうやら周期みたいなものがあるらしいということがわかったのは、ここで世話になり始めてから一か月、二か月とたったあとだった。月の半分くらいはまともなのに、あとの半分は張りつめた糸が急にゆるんだようになって、ほとんど自宅にこもりっきりになってしまうのだ。

「以前はこんなことなかったのにね」

ダイアンがぽつりと言った。

「アイコさえ、元気でいてくれたら……」

誰より愛していた奥さんが亡くなって以来、佐藤教授はすっかり変わってしまったらしい。研究どころか、生きることそのものに執着《しゅうちゃく》をなくしてしまったのかもしれない、とダイアンは言った。

「あの人のことだから、めったなことはないと思うけど、」

言いかけた秀人さんを、

「やめてよ」

とダイアンが遮《さえぎ》る。

「いや、それはないよ。そういう馬鹿な真似ができないくらい理性的な人だから、それはないだろうけど……」

ギシ、と再び椅子がきしみ、秀人さんは立ちあがった。

「ただ、あの人の場合、理性が勝ちすぎているぶん、逆にしんどいんじゃないかと思ってさ。愛子《あいこ》さんがいなくなったことをどうしても頭で納得できなくて、感情ばかりが空回りして……そういう感情のほとばしりをオイオイ泣きわめいて吐き出してしまえばいいのに、ずーっとあのとおり、見た目は冷静なままだろ。あれじゃ、自家中毒を起こすのも無理ないよ」

言いながら、さっきのダイアンと同じように保温ポットからコーヒーを注ぐ。

ひと口飲んで、秀人さんは顔をしかめた。

「まっず！　いつのだよ、これ」

「悪かったわね、今朝来て私が作っといたのよ」

と、ダイアンがすごく冷ややかに言った。

「インスタントなんだから、まずいのは私のせいじゃないわよ。大の男がコーヒーぐらいでガタガタ言わないの」

「言うよ。それこそコーヒーぐらい、もうちょっと贅沢《ぜいたく》したってバチは当たらないよ。勝利くん、俺に旨《うま》いの淹《い》れてくれない？」

了解です、と答えると、

「イズミ」ダイアンが言った。「私にもお願い」

「オッオー」

と、秀人さんがからかう。

「うるさいったらもう。私はイズミに頼んでるのっ」

「もちろんＯＫですよ。俺ももらいます」

たとえコーヒー一杯であろうとも、自分を必要としてもらえるというのは嬉しいものだ。いささか大げさかもしれないけれど、居場所を与えられ、存在を許されたような気持ちになれる。

所長も、元気な時は僕の淹れるコーヒーにいちいち感動してくれた。こんなにおいしいコーヒーは飲んだことがないとまで言ってくれた。そりゃあ当然といえば当然だろう。なんたって僕のは、『風見鶏《かざみどり》』のマスター直伝の――。

「ああ、あとそれから、もうひとつお願いできる?」

「…………」

「イズミ?」

「えっ。あ、はい、なんですか?」

「もうひとつ、お願いがあるの。コーヒーを飲み終わったら、私をマリアとリッキーの家まで送ってってほしいんだけど」

わかりました、と答えた僕を、ダイアンの不可思議な色の瞳がじっと見る。

「なんですか」

「大丈夫？」

「え、何が」

「ん……体調とか、いろいろ」

「大丈夫ですよ」僕は、微笑してみせた。「もう、大丈夫です」

言いながらも、まだ少し無理をしている自覚はあったけれど、しょうがない。人間、覚悟だけでそんなにすぐに強くなれるわけじゃない。

それでも、とにかくいちいち悲愴《ひそう》ぶるのだけはやめようと心に決めたのだ。

僕が自分を憐《あわ》れんだり呪ったりしていても、誰の、何の役にも立たない。

*

まだ午前中だというのに、ジープの中は灼熱《しゃくねつ》地獄だった。僕らは急いで窓を全開にし、冷房の風で熱い空気を追い出した。

送ってと言ったダイアンは当然ながら助手席に陣取ったので、観念して運転席に座る。

パーキングからバックで道路へ出し、走りだしながらギアを上げていき、エアコンの風が冷たくなってきたところで四つのパワーウィンドウを閉める。風の音がやんだ。

「だいぶ慣れてきたみたいじゃないの」

ハンドルを握る僕の手元をしげしげと見ながら、ダイアンが言った。

「秀人さんのおかげですよ」

「教えるの、上手なの？」

「鬼教官ですね」

彼女はぷっとふきだした。

「試験はいつ？」

「来月あたり受けてこいとは言われてるんですけど」

「きっと受かるわよ」

「そうかなあ」

「今でさえ、私より巧《うま》いくらいだもの。ヒデなんか、一緒にどこかへ出かけるときは絶対私に運転させないわよ。ギアチェンジもブレーキも、いちいちガックンってなるから、隣に乗ってると酔っちゃうんですって。あの図体で、なに女の子みたいなこと言ってるのよねえ」

文句を言いながらも、ダイアンの声は朗《ほが》らかだった。

〈こっちにいる間に車の運転も覚えるといいよ。日本で免許を取るよりはかなり簡単だから〉

前に秀人さんに言われたあの言葉は、僕にとっては半分だけ本当だった。

たしかに、道路は広いし、練習はたっぷりできる。この国では、最初の学科試験を通っただけで、路上での運転練習が認められるのだ。もちろん、ちゃんと運転のできる人に助手席に乗ってもらえばという条件付きだけれど、教習所にも通わずに、いきなり公共の道路を走っていいだなんて、日本ではちょっと考えられない話だった。

でも、如何《いかん》せん僕には言葉のハンディという厄介《やっかい》なものがある。

最初の学科こそは、テキストと同じ問題が出るとわかっていたからシャカリキに丸暗記すればなんとかなったけれど、実技となるとどうだろう。わざわざ遠くまで試験を受けに行って、教官の指示がちゃんと聴き取れなかったらどうしよう。それを思うと、僕にとってはあながち〈日本で免許を取るより簡単〉とは言い切れないのだった。

「大丈夫だったら」

と、ダイアンは笑って言った。

「万一落っこちたら、また受け直せばいいだけの話じゃない。ワーキング・ビザの残りは、少なくともあと半年あるんでしょ？　時間の心配は要《い》らないんだから、一回目は下見、くらいの軽い気持ちで行ってくればいいのよ」

「そうですね」

「あなたって、へんなところで気が小《ち》っちゃいのよね」

「――知ってます」

と、僕は言った。

目の前に延びる道路は、あいかわらずまっすぐだった。僕らは今、ウルルの赤い台地を背にして東へ走っていた。太陽はまだ前方にあって、ひどく眩《まぶ》しい。サンバイザーを下げ、はさんであったサングラスをかける。

日本と同じ左側通行なのは、この国がイギリスの植民地だったからだ。

おかげで日本に帰った時戸惑《とまど》わないで済むよ、と秀人さんは言っていたけれど、それに関しては大いに疑問だった。地平線までろくに曲がらずに伸びている道路なんか、日本ではそうそうたくさんありゃしない。ウルルのまわりにいる限り、信号での停止や発進の練習なんてろくにできないし、細い道でのすれ違いとか、狭い場所に縦列《じゅうれつ》駐車をする機会もほとんどない。すべてが野放図というかおおらかというか、とにかく日本とは桁違《けたちが》いなのだ。

「ねえ、イズミ。あなたはいつも謙遜《けんそん》するけど――」

ダイアンが、自分もサングラスをバッグから出してかけながら言った。

「私たち、あなたがいてくれることでずいぶん助けられているのよ」

急にどうしたんだろうと驚いたものの、そうか、たぶん今朝のフォローなんだろうな、と思い直す。

「だといいんですけど」

「ほんとよ。ほんとの話。最初のうちは、言葉も通じなくてどうなることかと思ったけど、あなた、この短期間でここまで話せるようになったでしょう。並の努力じゃなかったと思う。一日じゅう体を動かして働いて、夜は夜で部屋に戻ってからまた勉強だなんて、簡単にできることじゃなかったはずだもの」

　僕は黙っていた。

「今度の試験に受かって、独《ひと》りでも運転できる初心者用免許が取れたら、今よりもっといろいろ頼めることが増えるわ。ううん、今だって充分なくらい。こうして送ってもらえるし」

　自分で運転のできるダイアンが、わざわざ僕を同行させるのは、ある場合に限ってのことだった。

「もしかして、マリアさんとこ、何かあったんですか」

「ええ……。じつはリッキーが、このごろまたお酒を飲むようになっちゃってね。昨日《きのう》、マリアが顔を腫《は》らして逃げてきたの。ゆうべは私の家に泊めたんだけど」

　ということは、ファレル家には今、マリアの夫のリッキーしかいないということだ。

　予想はあたっていた。ダイアンが僕を伴《ともな》って出かけるのは、ほとんどの場合、訪問先のアボリジニの家に男が一人きりでいる時だった。

「でも、こういう時ばかりじゃなくてね」

と、ダイアンは話を元に戻した。

「遠出の帰りとか、代わりにハンドルを握ってもらえるだけでどんなに楽か。一応は隣で運転を監督してなきゃいけない立場なのに、ぐうぐう寝ちゃって申し訳ないけど」

「いえ、全然」

「それくらい、あなたの運転を信頼してるってことだと思ってよ」

「嬉しいお言葉ですけど、俺としては正直、びくびくもんなんですよ」

「どうして？」

「みんな言うじゃないですか。夕暮れ時とかはとくに、道ばたからいきなりカンガルーが飛び出してくるから気をつけろって。今のところまだ一度もそういう目にあってないもんで、そろそろだろうなと思って。カンガルーのよけ方までは、鬼教官も実地じゃ教えてくれませんからね」

ダイアンが、サングラスを鼻の上にさげ、あきれたような目で僕を見た。

「イズミ」

「はい」

「あなたって、へんなところで心配性《しんぱいしょう》よね」

「――知ってます」


そうこうするうちに、行く手に集落が見えてきた。ほんの何軒かの家々が、吹き寄せられた落ち葉みたいにかたまって、そのどれもが赤茶けた砂にまみれている。

僕は、いちばん手前の家の前にゆっくりと車を乗り入れた。サイドブレーキを引き、エンジンを切ると、しん、と静かになった。

家のドアは開け放たれ、蠅《はえ》よけの網戸だけが閉まっていた。車を降りていくダイアンの背中が、いつになく張りつめているのがわかった。

網戸の向こうから、ゆらりと黒い影が現れる。

リッキー・ファレルだった。

リッキーに会うのは、これが初めてじゃない。奥さんのマリアと連れだってスーパーで買い物をしているところを見かけることもあったし、ダイアンのところに来ていたマリアを車で迎えに来たこともある。道ですれ違えば目顔《めがお》で挨拶を交わすくらいには、向こうも僕を見知っていた。

でも、今日の彼は、僕には目もくれなかった。茶褐色《ちゃかっしょく》の肌《はだ》はかさかさとしてつやがなく、どんよりと濁った目でダイアンだけを見ると、網戸を開けっぱなしにしたまま家の奥へときびすを返した。

入れとも何とも言われなかったが、ダイアンは僕をちらりと見て、それから意を決したように彼について入っていった。

僕は、ダイアンと二人の時いつもそうするように、開け放った戸口のところに腰をおろした。

まだ昼にもならないのに、日射しは赤い地面を炙《あぶ》るように照りつけている。戸口の石段は、日《ひ》陰《かげ》になっているところはひんやりとしていたけれど、日の当たるところでは卵を落とせば目玉焼きができそうなくらい熱かった。日本みたいに湿気がないぶん、太陽から届く熱には容赦《ようしゃ》がないのだ。

キッチンの奥から椅子を引く音が聞こえた。肩越しにふり返って部屋の中をうかがうと、暗いのを通り越して真っ黒に見える。

「マリアはどこだ」

奥からリッキーの声がした。

「あんた知ってるんだろ」

「知ってるわ。でも、言わない」

「なんだって？　あいつは俺の女房だぞ」

「そうね。そして私の大事な友人よ」

ようやく暗さに目が慣れてきて、ダイアンの姿が見えるようになった。こちらに半ば背中《なか》を向け、腕組みをして立っている。キッチンの入口より中へ入るつもりはないらしい。

「お酒はやめたんじゃなかったの、リッキー」

「ああ、もう飲んでない」

「嘘《うそ》よ。ここまでぷんぷん臭《にお》ってくるじゃないの」

「一滴も飲んでないよ。今朝からはまだだね」

そう言って、リッキーは自分の冗談に大笑いした。ダイアンのまわりの空気がすうっと冷えていくのがわかった。

「昨日、マリアのこと殴《なぐ》ったのは覚えてる？」

「さあな」

「目の上も唇《くちびる》の横も腫れあがっちゃって、ひどい顔よ。かわいそうに」

「俺じゃないよ」

「いいえ、あなたよ。見てごらんなさいよ、この部屋。これだってみんな、あなたがやったことでしょう？」


手前の小さな居間は、手のつけようがないほど散らかっていた。フロアスタンドは倒れ、床の上に酒瓶《さかびん》が転がり、本や書類は散乱し、クッションの縫《ぬ》い目《め》は裂けて中身がはみ出している。まるで家の中を竜巻が通り過ぎていったみたいだ。

僕は、戸口のすぐ内側に落ちていた一枚の紙をつまんで拾いあげた。裏返してみると、答案用紙だった。足し算引き算の数式と、ぶかっこうな字で書かれた解答、そしていくつもの赤い丸。

マリアは、この地区の小学校で先生をしているのだった。僕の英会話の訓練にあんなに我慢強くつき合ってくれたのも、すごく出来の悪い生徒の一人と思ってのことだったのか

もしれない。

「ねえ、リッキー。どうしてなの？　あんなに苦労してお酒をやめたのに、まだ懲《こ》りてなかったの？」

いつもよりずっと低い声で、ダイアンは言った。

「もう二度と病院なんかに戻りたくないって、あなた、退院してきた頃は繰り返し言ってたじゃない」

「だから何だよ」

「マリアに約束したんでしょう？　もう金輪際《こんりんざい》、お酒には近づかないって。たとえ料理用ワインのボトルであろうと絶対に触らないって。二人であと一度だけやり直すチャンスを、あなたがマリアからもらえたのは、その約束を守ることが絶対の条件だったはずよ。私は彼女からそう聞いてるけど」

「ふん」

ふてくされたような笑いが聞こえた。

「あの女が何を言おうが、俺には関係ないね。言っておくがあんたにもだ、ダイアン。あんたにも関係ない。親切ごかしによけいな口をはさまないでもらいたいな。俺たち夫婦のことは俺たちで解決するし、あいつは俺の女房なんだから、俺の言うことを聞くのが当たり前なのさ。わかるだろ?」

「さっぱりわからないわね」

　ダイアンは一歩も引かなかった。

「あなたたちの『法』はもちろん尊重するわ。『女は男の決めたことに従うべし』みたいな理屈も、正直なところ個人的には納得いかないけど、部外者の私がとやかく言うべきことじゃない。だけどね、昼間から飲んだくれて働こうともしない亭主の言うことを、殴られても蹴《け》られても黙って聞けだなんていう無茶苦茶は、あなたがたの『法』に照らし合わせても通らないはずよ。違う?」

　僕の拙《つたな》い英語力で、どれだけ確かに聴き取れているかはわからない。自分で喋るよりは聴くほうがまだマシとはいえ、オーストラリア訛《なま》りの早口でまくしたてられると、ふだんなら話の行方《ゆくえ》を見失わないようにするだけでいっぱいいっぱいになる。

　それでも不思議と、今のダイアンの言葉はまっすぐに理解できた。たぶん、僕自身が思っていること、喋れたなら言いたいことを、そのまま代弁してくれるような言葉だったからだろう。

リッキーからの答は返ってこない。かわりに、またギギ、と椅子を引く音がした。

ダイアンが慎重に一歩下がるのを見て、僕は腰を浮かせ、立ちあがった。脈が少し速くなる。

バタン、と戸棚を開ける音。

「リッキー」

ゴトッ、と何か重いものが置かれる音。

「やめなさいったら、リッキー。どれだけ飲んだって同じよ、現実は何も変わらない」

少しの間があってから、苦しそうにむせて咳《せ》きこむのが聞こえた。

「ああそうさ、変わらない」

リッキーはしわがれた声でわめいた。

「俺が何をしたって現実は変わりゃしないんだ。だから飲むんだ。飲んでいやなことを忘れるんだ。それの何が悪い」

「ほんのいっとき忘れて、それでどうしようっていうのよ。次に酔いが醒《さ》めたらもっとひどい気分になるってこと、あなただってよくわかってるでしょ？」

「うるさい」

「ねえ、駄目よリッキー、お願い、ちゃんと聞いて。マリアをこのまま永遠に失ってしまってもいいの？」

「あんたの出る幕じゃないと言ってるだろう！」

何かを蹴り飛ばす音と、ガラスの割れる音が立て続けに響いた。

僕が奥へ行こうとするより早く、ダイアンがこちらへ逃げてくる。床に倒れたスタンドにけつまずいて転びそうになった彼女を慌《あわ》てて支え、先に外へと逃がす間にも、キッチンからはリッキーがまわりに当たり散らす物音が聞こえていた。

停《と》めてあったジープのドアを開け、青白い顔のダイアンを助手席へ押しあげる。彼女が小刻《こきざ》みに震えているのがわかった。

リッキーは出てくる様子がない。運転席にまわり、いつでもエンジンをかけられるように準備した上で、僕は訊いた。

「どうします?」

ダイアンは、自分の体を抱《かか》えこむようにしながら目を上げ、暗い戸口を見つめた。そして言った。

「行きましょう。今は、何を話しても無駄だわ」

僕はうなずき、車を出した。

来た道を、またまっすぐに戻っていく。リッキー・ファレルの家が遠ざかり、やがて集落全体が坂の後ろに消えてバックミラーに映らなくなっても、ダイアンの震えはまだ止まらないようだった。

横目で見ると、膝《ひざ》の上のバッグを握りしめる手の甲に筋が立っている。

ちらちらと向けられる僕の視線に気づいたのだろう、

「大丈夫だから、ちゃんと前を見て運転してね」

ダイアンはそう言って、ようやくまっすぐに座り直した。

二度、三度と深呼吸をくり返す。

「気分が悪かったら言って下さい。すぐ停めますから」

「ううん、平気」

「何か飲みますか？　水なら後ろにありますけど」

「それより、煙草《たばこ》が吸いたい」

「は？」

「やめて三年くらいになるのにね。ああもうどうしよう、むしょうに吸いたい」

僕は、ダッシュボードに目をやった。秀人さんが、いつもそこに予備の煙草を入れているのはわかっている。でも、ここでダイアンにそれを教えていいものか。

迷った末に、僕は言った。

「あのう……どうしても吸いたいならダッシュボードに、」

「知ってるわよ」

と、ダイアンは言った。

「ヒデのでしょ。でも吸わないわよ、私は。きっぱりやめたんだから」

「はあ」

「絶対吸わないったら吸わないわよ。リッキーじゃないんだから、誘惑になんか負けない

わ」

「そうですか」

ちょっと口をつぐんだあとで、ダイアンは言った。

「イズミの優しさって、なんていうかこう、ちょっと微妙よね」

じゃあ吸いたいなんて最初から言うなよな、と思いながら、

「どうもすいません」

僕は、またおとなしく謝った。

何度目かで深くふかく息を吸いこみ、その息をふうっと勢いよく吐き出して、ダイアンはシートに背中と頭をあずけて目をつぶった。自分の心臓に手をあてていたかと思うと、再び目を開け、顔の前に掲げたてのひらを見つめる。

「……やっとおさまってきた」

「よかった」

「情けないわね。あれくらいのことでこんなになっちゃうなんて」

「いや、無理ないですよ」

「やっぱり今日は、イズミについてきてもらってよかったわ。ごめんなさいね、変なとこ見せて」

僕は首を横にふった。

「そのために来たんですから」

ダイアンがようやく微笑《ほほえ》んだ。

「さっきはどうもありがとう」

「何がですか」

「すぐに飛んできて、私を先に逃がしてくれたでしょ」

「それ、たぶん気のせいです」

「え?」

「あなたが勝手に、俺を置いて先に逃げただけです」

一瞬あっけにとられたように僕の顔を見ると、ダイアンは声をたてて笑いだした。僕の肩をべちんべちんと容赦《ようしゃ》なく叩《たた》く。

「痛《い》て、いててて！　やめて下さいよ、危ないじゃないですか」

慌てて両手でハンドルを握り直す僕の隣で、ダイアンはしばらくの間おかしそうに笑っていた。

「あーあ、一本取られたわ。あなたもなかなか言うようになったじゃないの」

「はあ、そりゃどうも」

なおもクスクス笑いながら、ダイアンが助手席の窓をおろす。

とたんに、乾いた熱い風が束になって吹き込んできた。せっかく車内のエアコンが効いてきたところだったのだけれど、僕はあえて黙っていた。きっと、どうしても外の風に当たりたい気分なんだろう。

顔にかかる後《おく》れ毛《げ》を手で押さえながら、ダイアンはドアの側によりかかるようにして空を見上げている。強いひとだ——なんていう感慨はあまりに単純すぎるけれど、でも、ほんとうに強いひとだと思った。

彼女が、今日みたいに僕に同行を頼むようになったのは、ここ二か月くらい前からのことだ。

〈だってそれまでは、あなたの言葉が怪しかったでしょう？　一緒に来てほしい理由を打

ち明けようにも、まだ無理そうだったから〉

――理由。

ダイアンの口から必要最小限、でも包み隠さず聞かされたその〈理由〉を、僕は、とてもここでくり返す気にはなれない。

とにかく彼女は、友人や同僚など、よほど信頼できる相手を除いては、狭いところや四方を壁に囲まれた場所で男性と二人きりになることがどうしてもできないのだった。

〈十九の夏からずっとそうよ〉

と彼女は言った。

だからてっきり、僕の前は秀人さんに付き添ってもらっていたのだと思ったら、ダイアンはあっさりと否定した。

〈マリアに頼んで一緒に行ってもらったり、前もって訪問先の家に連絡して誰か女の人がいることを確かめてから訪ねたりしてたのよ。だってあなた、考えてもごらんなさいよ。ヒデなんかにこんなこと聞かせたら、どれだけショックを受けると思う？　ああ見えて、あの人ったら信じられないくらい繊細《せんさい》なんだもの、どうでもいいことにまでよけいな気を

遣《つか》われるようになるのが目に見えてるじゃない。そんなことが続いたら、かえってこっちが参っちゃう〉

なるほど、正しい判断かもしれない。そう思いながら、かわりに頼られた僕は、静かに嬉しかった。

苦しんでいる女性から頼られて嬉しいなんて思うべきじゃないのかもしれないけれど、言葉がまだあまり通じなかったうちからダイアンは僕のことを信用する気になってくれてはいたんだなと思うと、やっぱり嬉しかった。もしかしてそこには彼女の女心が――つまり秀人さんにだけは事実を知られたくないという気持ちが――いくらかは（あるいは大きく）作用している部分もあるだろうけれど、それならそれで、彼女が僕の口の固さを信頼してくれた証《あか》しってことになる。

ダイアンは、しばらくの間目を細めるようにして風を受けていた。それから、おもむろにぐるぐると取っ手を回して窓を閉めた。いくらかは落ち着いたのだろうか。後ろの席に手をのばし、ミネラルウォーターのボトルを二本取ると、キャップを開けて片方を僕に渡してくれた。

「結局、マリアに言われたとおりだったわ」

と、ダイアンはつぶやいた。

「家なんか訪ねてってもどうせ無駄にきまってるって。『お酒が入ってる時のリッキーに何を言ったって通じやしないよ！　それが通じるくらいだったら、あたしがこんなふうに顔を腫らしてるわけがないでしょ！』」

マリアの口調を、身ぶり手ぶりごと真似《まね》てみせる。そっくりだった。

「でも私、もしかしたらって思ったのよ。ゆうべ女房に暴力なんかふるったことを、リッキーは今ごろものすごく後悔してるかもしれない。家中の酒瓶を自分で割って、中身を流しに捨てたりなんかしてるかもしれないってね。だって、素面《しらふ》の時の彼は、決してあんな人じゃないんだもの。ふだんはほんとうに穏《おだ》やかだし、心の底からマリアのことを愛してるのよ」

「わかりますよ」

と、僕は言った。

夫婦連れだってオレンジやリンゴを選んでいた時のリッキーは、確かにとても柔和《にゅうわ》な目をして、顔見知りの店員とともにこやかに言葉を交わしていた。彼の押すカートに品物を入れながら、マリアの表情もまた明るかった。

「昨日はほら、木曜日だったじゃない？　彼、せっかくもらった失業手当を全部飲み代につかっちゃって、それでああなったってわけ。ゆうべはきっと、あっちこっちのアボリジニ家庭で似たようなことが起こっていたわね。ほどほどに飲むってことがなかなかできないのよ、あの人たち」

声の険《けわ》しさに思わず見やると、ダイアンは手の中の水のボトルを、まるでそれが憎むべき酒瓶であるかのように睨《にら》んでいた。

「体質的な問題なんですか」

「うん？」

「アルコールに弱いのは、アボリジニの人たちが持って生まれた体質的な問題なんですかね」

「まあ、そういう側面も確かにありはするけど、でもそれは問題の根っこじゃないわよね。職にあぶれるから飲んだくれてばかりなのか、飲んだくれてばかりだから職にあぶれるのか……。それこそ、卵と鶏《にわとり》みたいなものよ。どっちが先かもわからないし、どこでどう断《た》ち切《き》れば事態がマシになるのかもわからない。正直言って、『もうお手上げ！　あとは好きにして！』ってわめいて放り出したくなることもしょっちゅうよ」

　本来は研究者としてアボリジニの生活圏に入れてもらっているだけだったはずなのに、気がつけばダイアンは、彼らのために民生委員みたいなことまで買って出ている。いや、買って出たわけでなくても、いつのまにか押しつけられ任されてしまったのかもしれない。

　苦労性《くろうしょう》だよな、と思ったけれど、そう言おうにもどう表現していいかわからなくて、かわりに僕は、思い出したことを言ってみた。

「前にね。秀人さんがあなたのこと褒《ほ》めてましたよ」

「は？　まさか」

　とダイアンは言った。

「なんで『まさか』なんですか」

「だって、悪口ならわかるけど」

「いや、ほんとなんですってば。あれは、俺がこっちへ来た最初の日でした。あなたと秀人さんが北のほうの大きい研究所にいた頃から、あなたがアボリジニの人たちからどれだけ頼りにされてたかとか……そういう話を聞かせてくれて。親切で、頭が良くて、あと何だっけな。とにかく、ものすごく魅力的な女性なんだよ、って」

「ほんとにヒデがそんなことを?」

「言いましたよ。言葉のニュアンスはちょっと違ってたかもしれないけど、」

「ほらね、やっぱり」

「でも、中身はつまりそういうことです。いま俺が言ったのより、表現が複雑だったたぶん、もっとちゃんとした褒め言葉でしたよ」

「……ふうん」

食いついて訊いてきたくせにどうでもよさそうな返事をすると、ダイアンは窓の外を向いた。

横目でちらっと見やる。耳たぶが、赤いような気がしなくもなかった。

「つまり、僕が言いたいのはですね。見てる人は見てるってことなんですよ」

こまぎれの短いセンテンスを懸命につなげて、僕は話し続けた。

「秀人さんだけじゃない。マリアさんだってそうじゃないですか。彼女なんて、小学校の先生で、生徒の母親からは頼りにされる立場の人でしょ。その彼女が、ゆうべみたいな時に助けを求めるのは、同じアボリジニの誰かでもなければ、同僚の先生とかでもなくて、やっぱりあなたのところなんだ」

「……まあね」

「だからこそ大変で、時にはいろいろ放り出したくもなるんだろうけど」

ダイアンが苦笑した。

「ま、さすがに親友のことは放り出さないけどね」

「ですよね」

「――ありがと、イズミ。慰めてくれて」

慰めてませんよ、と僕は言った。

「ほんとに思ったことしか言ってませんから」

しばらくすると、ダイアンがラジオのスイッチを入れた。右に左につまみをまわして、トークなしの、音楽だけを流す局を選ぶ。
ちょうど流れていたのは、オリビア・ニュートン・ジョンだった。

There was a time when I was in a hurry as you are
I was like you
There was a day when I just had to tell my point of view
I was like you
Now I don't mean to make you frown
No, I just want you to slow down

あなたのように生き急いでいた時があったわ
私　あなたみたいだった
自分を主張しなければならない日もあった

あなたみたいにね
しかめ面《つら》をさせるつもりじゃないのよ
ただ、あなたにもっとのんびりしてほしいだけなの

「知ってる?」

と、ダイアンが言った。

「彼女は、この国で育ったのよ」

知らなかった。

まだ若かった頃のオリジナル音源なんだろう。優しく柔らかく、まるできれいに水みたいに透きとおった声が、車の中をひたひたと満たしていく。

Have you never been mellow?

Have you never tried to find a comfort from inside you?
Have you never been happy just to hear your song?
Have you never let someone else be strong?

今までにくつろいだ気持ちになったことはないの？
心の中の安らぎを見いだそうとしたことはないの？
ただ自分の歌を聴いて幸せに感じたことはないの？
ほかの誰かを励ましたりしたことはないの？

いま、前方にひろがる荒野の真ん中には、巨大なウルルが相も変わらずどっかりと鎮座《ちんざ》ましましている。草も木もろくに生えていない岩山なのに、どうして日によって、時間によって、あんなに表情が違って見えるんだろう。それが不思議だった。
観光客が喜ぶのは朝焼けか夕焼けに照らされたウルルだけれど、僕は、太陽が昇るより

もだいぶ前、東の空がごくわずかに明るくなってくる時間帯がいちばん好きだった。赤道をはさんだ反対側までやってきても、体にしみこんだ生活のリズムはあまり変わらなくて、僕はたいていい日の出前に起きだしては、まだ人影も車も見えない道路を黙々と走るのを日課にしていた。

走り始めてしばらくたつと、濃紺《のうこん》の空の底の部分がほんのうっすらと青みを帯びてきて、そのうちに蜜柑色《みかんいろ》の細い帯が大地と空を曖昧《あいまい》ながらも二つに分ける。その空を背景に黒々とそびえるウルルの、荘重《そうちょう》で厳粛《げんしゆく》なシルエットの斜め上には、明けの明星《みようじよう》がまるで小さなひと粒ダイヤのように――そう、かつて僕が大切なひとに送ったあのダイヤモンドみたいに、凛《りん》とした佇《たたず》まいで輝いていた。見るたびに僕は、星のさしだす鋭い光に刺し貫かれるかのように胸が痛くなり、息が詰まった。それでもなお、目をそらすことはできなかった。

今までに、くつろいだ気持ちになったことくらいある。心の安らぎを見いだしたことも、幸せを感じたことも、ほかの誰かを励ましたことだって。

だけど、そういう温かいものたちを、僕はほとんど全部どこかへ置いてきてしまった。持ってくるわけにはいかなかったのだ。

走りながらいろいろなことをぐるぐる考えてしまう時ほど、僕はもっとスピードを上げ、頭の中がからっぽになるまで走り続けた。でも正直、どんなにスピードを上げようと、頭の中身を後ろへ置き去りにすることは不可能だった。

そしてまた、どれだけ走っても、ウルルはちっとも近くなったように見えなかった。まるで雲の海の彼方に突き出た山頂のように、いつまでたっても遠いままだった。

何もないんだな、と思った。

この世に、思いどおりになることなんて、何も。

4

リッキー・ファレルの拳《こぶし》ががっつり当たった頬骨《ほおぼね》は、思った以上にダメージが大きかったらしい。マリアの顔の腫《は》れはなかなか引かず、ようやく痛みがましになったあとも、目のまわりの痣《あざ》が目立たなくなるまでには長くかかった。

マリア・ファレルは、ダイアンよりも一世代上の四十代。背が高くて、こう言っちゃなんだけれどかなり太めで、目の前に立たれるだけでもなかなかに迫力がある。父方の祖父がイギリス人だったそうで、そのせいか肌《はだ》の色はそんなに濃くない。

「おかげでよけいに痣が目立つんだよねえ」

マリアは迷惑そうに言った。

とはいえ、縮れた硬い髪や真っ黒な目は、彼女がまぎれもなくこの国の先住民の血を受けついでいることを物語っていた。とくに瞳《ひとみ》の力強さといったら半端《はんぱ》ではなくて、その目でじっと見つめられたら、たとえどれほど嘘《うそ》つきの悪たれ小僧だって自分から罪を告白するんじゃないかと思えるくらいだった。

「ちっちゃい生徒たちが心配するから、あたしの不注意で階段から落っこちたってことにしてあったんだけどね。どうやら、母親たちには薄々さとられちゃってるみたい。受け持ちのクラスには同じアナング族の子どももいるから、どうしても噂《うわさ》が伝わっちゃうんだよ」

　心配になった僕が、

「学校での立場とか、何かまずいことになったりしてないですか？」

と訊《き》くと、マリアは苦笑いしながら、ないない、と顔の前で手をふった。

「このへんじゃよくある話だもの、みんな慣れてるよ。飲んだくれた男ってのは、たいてい女房を殴《なぐ》るものなんだから。考えてもごらんよ、白人の夫婦だって同じことじゃないか。連中はずる賢いからそういうことはドアを閉めて家ん中でやるし、顔とか腕とか服で隠れないところはよけて殴るけど、アボリジニの男は単純だから、外の往来だろうとどこであろうと構わず大喧嘩《おおげんか》をやらかして、腹が立ったらすぐさま女房の顔に派手な痣を作る。それだけの違いさ。結局、泣くのは女だってことに変わりはないんだよ」

夫のもとから逃げてきて十日ほどたつけれど、マリアはいまだにダイアンの家に居候《いそうろう》している。

リッキーとの関係をどうするべきか――彼がもう一度アルコールを断《た》って更生するという可能性に賭《か》けるのか、それとも思いきって別れるほうを選ぶのか――結論がまだ出せずにいる今の段階では、一人で部屋を借りる踏ん切りもつかないし、そもそもそれ以前に先立つものがままならないというのが実情だった。

「失業手当が出たって、そのつどあの人がみんな飲んじゃうから、最近はあたしが二人ぶんの家計を支えていたんだけどさ。それでも、国の用意してくれた家があったぶん、そこそこ困らずに暮らせていたんだよねえ。それに、このあとたとえ別居したからってリッキーのことをまるっきり放っとくわけにもいかないだろ。あのままにしておいたら食うや食わずでのたれ死んじゃうよ」

「じゃあ、離婚はしないつもりなのね？」

とダイアンが言う。

「いや、まだそうは言ってないさ。最初にアル中で入院した時、二度目はないよって言い渡しておいたのに、その約束を破ったんだから。だけど、あの酔っぱらいをひとりにしといたら、」

「マリア」

子どもを諭《さと》すような口調で、ダイアンが言った。

「ねえマリア。リッキーへの情を断ち切りがたいのは、そりゃあよくわかるわよ。長年連れ添った人だし、飲んでない時は穏《おだ》やかで優しいし、あなたがた二人で、いい時だって沢山過ごしてきたんですものね。だけどね、男と女が別れるっていうのはそんなに甘いものじゃないでしょう？　あなたがそんなふうでいる限り、結局はずるずると元の鞘《さや》におさまって、全部がうやむやになっちゃうのよ。それでもいいって言うなら止めはしないけど、あとからこんなはずじゃなかったって思わないように、今のうちに心構えだけはちゃんとしとかないと。自分の中で、物事の優先順位とか、譲れることと譲れないことの境界線をきっちり決めておかなくちゃ駄目。そうして、もし本当に別れるつもりなら、心を鬼にして、二度と顔も見ないし声も聞かない、生きようが死のうが自分は無関係っていうくらいの覚悟を決めなけりゃ無理よ。そうじゃない？」

ダイアンの後ろで、僕は秀人さんと思わず目を見交わしてしまった。秀人さんが声には出さずに、

（怖《こわ》いよう）

と泣き顔を作ってよこす。

ダイアンがさっと僕らをふり向いた。

「なあに？　あなたたち、何か文句でも？」

「いやいや」

「いやいや」

声を揃《そろ》えて同時にハンズアップした男どもを順繰《じゅんぐ》りに睨《にら》むと、ダイアンは「ふん」と不服そうに鼻を鳴らし、親友のほうを向いた。

実際、ダイアンの言っていることはたぶん間違ってはいないんだろう。長い間心を通わせた相手との関係を本気で絶とうとするなら、なまじっかな覚悟では追いつかない。寂し

く厳しいけれど、それはきっと本当のことなのだ。

本当のことには違いないんだろうけれど、そこには、彼女の恋愛観とか夫婦観といったものがすごく色濃く投影されているように思えた。

例の〈十九の夏〉以来、恋愛と呼べるようなものとはほとんど縁がないのよ、とダイアンは僕に言っていたけれど、だとしたら、そういう考え方はどこで培《つちか》われたのだろう。もしかして両親の夫婦仲が……と思ったりしたけれど、さすがにこちらからはそこまで訊くわけにいかない。

「悪いねえ、ダイアン。あんたには申《もう》し訳《わけ》ないと思ってるのよ」

マリアが、さっきまでとは打って変わってしょんぼりつぶやいた。

「いつまでもあんたのとこに間借りさせてもらうわけにはいかないし、この先のことだってちゃんと考えなくちゃいけないのはわかってる。できるだけ早くなんとかするから、あともう少しだけ置いてやっておくれね」

「何言ってるのよ、当たり前じゃないの」

ダイアンはむしろ憤慨《ふんがい》したように言った。

「大事な友だちの一大事だっていうのに、誰が放り出したりするもんですか。あんなところでよかったら、いつまでだっていてくれていいのよ」

「だけど……あたしがいるせいで、妹さん、泊まるところを別に探さなくちゃならないんだろ？」

——妹？

「いいのよ、あの子のことは。自分の都合で勝手に押しかけて来るんだから」

「そうは言うけど」

「『いきなり来たって面倒なんか見てあげられないわよ』って言ったら、『そんなの最初から期待してないし』だって。そこまで言い切るくらいだもの、こっちはなんにも気にしてやることないの。ほんとにもう、なんだってあんなに可愛《かわい》げのない子に育っちゃったんだか」

「あんたといくつ違うんだっけ？」

「たしかこないだ二十歳《はたち》になったわ」

「いま、微妙にはぐらかしたね」

「引き算の手間を省いてあげたのよ。あなた、私の年は知ってるじゃないの」

「二十歳ねえ。だったら、可愛げがないのはしょうがないさ。大人に見えたって、思春期や反抗期がまだまだ続いててもおかしくない年頃だもの。大好きなお姉ちゃんの前で、素直になりきれずにいるだけなんじゃないのかねえ」

「さあね、知らない。よくわかんない。いいの、しょうがないのよ、私たち昔からそりが合わなかったんだから」

　二人ともが口をつぐむ。

「妹って?」

　と、ようやく僕は言った。

　ダイアンが、口をへの字にしてから、

「私の妹よ」渋々という感じで答えた。「母親は違うんだけどね。明日、シドニーからこっちへ来るの」

「え、明日?　そりゃまた急だな」

　と秀人さんが言う。

「まったくよ。思いついたらすぐ実行に移さなきゃ気が済まないみたい」

「父親似ってことかな」

「あら。よくわかるわね、ヒデ」

「だってきみもそうだし」

「………」

またダイアンに睨まれて、秀人さんがもじもじする。僕の脳裏《のうり》をおなじみの諺《ことわざ》がよぎっていった。――キジも鳴かずば打たれまいに。

「秀人さんは、会ったことがあるんですか？　その妹さんに」

「うん、あるよ」

ほっとしたように秀人さんがこっちを見る。

「去年もこっちに来て、しばらくいたからね。あの時は一週間くらいだったかな。いや、もうちょっといたか」

「いいえ、五日よ」と、ダイアンが訂正した。「暑い暑いって毎日文句言い続けて五日間。いる間じゅう、こっちがふりまわされて疲れきっちゃったから長く感じたのよ」

「うーん、そうかなあ」

秀人さんは自分の机に戻り、煙草《たばこ》の箱を手に取りかけて、女性たちのほうを見た。

「いい？」

「どうぞ」先に答えたのはマリアだった。「悪癖には違いないけど、煙草吸ったからって女房を殴る男はいないもんね」

ダイアンも苦笑してうなずく。

「吸うのはいいけど、そこの窓だけは開けてね、私まで吸いたくなっちゃうから。なんだかすごくそういう気分なの、今」

「え、『今』？　いつものことじゃないか」

「………」

「――ソーリー」

と、大きなキジが言った。

「あなたは、前からアレックスびいきなのよね」

ダイアンが不服そうに言う。

「うーん、べつにひいきってわけじゃないんだけど、彼女については、きみとはちょっと違う意見かなあ」

窓枠に片肘《かたひじ》をかけ、煙草をはさんだ手を外へつき出すようにしながら秀人さんは言った。窓が開いているだけで、外の音が大きく聞こえる。国立公園内を見てまわるには車が必須だから、観光客の多くはレンタカーを借りる。日の出や日の入りを見物し終わったあとなどはホテルまでの道が渋滞するほどだが、今の時間はごくたまに一台か二台が通り過ぎるだけだった。

「きみたち姉妹の間にはさ」と、秀人さんは言った。「これまでいろいろと積もり積もってきた事情や感情があって、もちろんそれはそれでよく理解できるんだけど、第三者として傍《はた》から見ると、物事はもう少しシンプルなんじゃないかっていう気がする。アレックスにしても……」

ああ、彼女アレックスっていうんだけどね、と僕やマリアに向かって言い、秀人さんは続けた。

「アレックスにしても、きみにはなかなか素直になれずにいるみたいだけど、他人に対してはそんなに言うほど難しい子じゃないと思うよ。俺が去年、ツアーガイドに出かけるついでに『きみも参加する?』って誘ったら、おとなしくついてきたし。あの日の〈風の谷〉はそれこそものすごく暑かったけど、文句ひとつ言わずに奥まで歩いたしね。ほかの観光客のおじちゃんやおばちゃんたちとも、まあ多少は無愛想だったにせよ、ふつうに話してたよ。決して、人とコミュニケーションが取れない子ってわけじゃない」

「だとしても、あの子のコミュニケーションはちょっと攻撃的すぎるのよ」

「それだって、相手構わずっていうわけじゃないし、アレックスだけのせいじゃないだろ?」

　秀人さんは諭すように言った。

「俺は、きみの家族について、きみが話してくれたこと以外は知らないけど、それだけでも相当にヘヴィだったことは想像がつくよ。そういう複雑な環境の中で、きみよりはるかに小さかったアレックスが、自分を守ろうとしていささか偏屈《へんくつ》に育ってしまったのは、仕方のない部分もあるんじゃないかな」

　ダイアンは、答えなかった。

違うと思えば即座に反論する人だから、何も言わないってことは秀人さんの意見もあながち間違いではないということなんだろうけれど、彼女の顔を見る限り、少なくとも感情的にはぜんぜん納得しきれていないようだった。

煙草を吸い終わった秀人さんが、するすると窓を閉める。外の音が急に遠くなった。

「それにしても彼女、わざわざシドニーから何をしに来るの？」とマリアが言った。「休暇でただ遊びにってこと？」

「去年はどうやらそんな感じだったわね」

ダイアンがやれやれと息をつく。

「休暇なら休暇で、もっと積極的にエンジョイすればいいのに、ただぶらぶらして、ホテルのプールに浮かんでたかと思ったら午後はずーっと日陰《ひかげ》で昼寝したり本を読んだり……。毎日その繰り返し」

「まあ、それも休暇の楽しみ方のひとつだとは思うけどねえ」

とマリア。

「それにしたって、いくらなんでもだらしなさ過ぎるわよ。結局、私にうるさいこと言われて、ウンザリした顔で帰ってったくせに、まさか今年もまた来るだなんて思ってもみなかった。何をしに来るのかなんて知らないわ。私には、あの子の考えてることがさっぱりわからないのよ」

と、その時だ。

入口のドアの向こうに誰かが立っていることに、僕は気づいた。ドアの上半分にはめこまれた曇りガラスには瘦《や》せた背の高い人影が映っているのに、いつまでたってもノックもしなければ入ってこようともしない。……まさか、リッキー・ファレル？

「誰？」

つい乱暴な訊き方になる。ほかの三人もぎょっとなってドアをふり返った。

秀人さんが椅子《いす》から立ちあがり、厳しい面持《おもも》ちでドアに向かうと、ノブをつかんで大きく引き開けた。

「……アレックス？」

彼が声を裏返すのと同時に、ダイアンが「えっ」と叫んで腰を浮かせる。

秀人さんの大きな体の陰《かげ》から、瘦せっぽちの女の子が恨《うら》めしそうな目でダイアンを見ていた。どうやら、話していた内容が聞こえてしまったらしい。

「おやまあ、来るのは明日じゃなかったの？」

と、マリア。

「そ、そうよ、アレックス。あなた、メールに明日来るって書いてあったじゃない」

うろたえるダイアンに、彼女は言った。

「気が変わったの」

ややハスキーな声質に、ぶっきらぼうな喋《しゃべ》り方が妙にしっくり似合っている。思わず見入ってしまっている自分に気づき、僕は慌《あわ》てて目をそらした。

驚いたことに、彼女は、ものすごくきれいな女の子だった。雑誌のグラビアとかテレビなんかを別にすれば、ちょっとお目にかかったことがないくらいだった。

洗いざらしの白いTシャツに、くるぶし丈《たけ》のデニム。脱いだジャケットを左腕に無造作《むぞうさ》にかけ、足もとはビーズのサンダル。そして頭にはサングラスが、くしゃくしゃとした金髪をかきあげるように乗っていた。

何の奇抜なところもない、むしろさっぱりし過ぎているような格好なのに、彼女は、公共の場所にいたらたぶん誰もがふり返ってしまうような独特のオーラを放っていた。ダイアンの瞳の色も複雑できれいだけれど、アレックスのはまた、とびきり透きとおったエメラルドグリーンだった。

「何よ、一日早くなっただけじゃない」

と、彼女は言った。

「ホテルは予約してあるし、車だって空港で借りて自分で運転してきたんだもの。なんにも迷惑かけてないでしょ」

「迷惑の話をしてるんじゃないでしょう。ただ、予定が変わったなら変わったで、どうして電……」

「まあまあまあまあ」

と、秀人さんが割って入った。アレックスの背中に手をあてて中へと促《うなが》し、ドアを閉める。

「やあ。また会えたね、アレックス」

「……ハーイ、ヒデ」

にこりともしなかったけれど、それでも彼女が秀人さんには少し心をひらいているのがわかった。続いてマリアのほうを見やり、小さい声で、ハイ、と言う。一応挨拶《あいさつ》はできる子なんだなと思ったのだが、最後に僕を見て、なんと、そのまま目をそらした。

(俺だけスルーかよ！)

ツッコミはなんとか胸の内だけに抑《おさ》え、僕は仕方なく自分から名乗った。

「初めまして。僕は、イズミ。ここで働いています」

いかにも定型文といった感じの、四角四面な挨拶が物珍しかったのだろうか。彼女は改めてじろじろと僕を見ると、ダイアンのほうを向いて訊いた。

「日本人？」

「こら、指を差さない！」

すかさずダイアンが叱《しか》る。まったくだ。

「ええ、そうよ、イズミは日本から来たの。だけどそういうことは私じゃなくて本人に訊くべきでしょう」

「言葉わかんの？」

「は？　何言ってるのよ。いま彼、英語で名乗ったじゃない」

「だって、挨拶だけしか喋れない日本人って多いんだもん。英語は話せますかって訊いたら、恥ずかしそうに『ちょっと』とか言うくせに、喋れるのはせいぜい『これいくら』と『これ負けて』くらいでさ。ほんとにちょっとだね、みたいな」

「アレックス……」

　ダイアンがげんなりとつぶやく。

「私の大事な同僚の前で、あんまりなこと言わないでちょうだい」

「ふうん。大事なんだ」

「イズミはこの半年、ものすごく努力して、私たちとふつうに喋れるようにまでなったのよ」

　姉の言葉には返事もせずに、僕のことを頭の先から足のつま先まで眺めおろす。下までたどり着くとまた上へ。そしてまた下へ。なんと二往復だ。

「もしかして、ヒデの知り合い？」

「そうだよ」と秀人さんが答える。「僕の大事な友人だ」

ありがたくて涙が出そうだった。

「ふうん」

と、もう一度鼻を鳴らすと、アレックスはふいっと僕から目をそらした。

まだいっぺんも挨拶を返されてないぞ、と思ったが、向こうにその気がないのなら言ったってしょうがない。

「そうそう、イズミ」

とダイアンが言った。

「じつはこの子ね、父の仕事の関係で、子どもの頃ほんの数年だけ日本にいたことがあるのよ」

「よけいなこと言わないでよ、ダイアン」

アレックスが苛立《いらだ》つ。

「どうして？　いいじゃない、ほんとのことなんだから」

ダイアンは構わず続けた。

「こっちへ帰ってきてからもベビーシッターが日系人だったから、けっこう喋れるのよね、日本語。ねえ、イズミと何か喋ってごらんなさいよ」

「…………」

「もう忘れちゃった?」

「…………」

黙りこくったままの妹を見て、ダイアンはやれやれと首をふり、お手上げ、のゼスチャーをした。

「ホテルにチェックインは済ませたの?」

秀人さんが助け船を出す。

「まだ。空港から直接ここに寄ったの。どうやらそれが良くなかったみたいだけどね」

「アレックス。お願いだからもう、いちいちつっかからないで。ほら、ちょっと座って、お茶でも飲んだら?」

「ふうん。歓迎してない相手にもお茶なんか出すんだ?」

何か言いかけたダイアンが、あきらめたように口をつぐみ、

「とにかく座ってて」

とだけ言って、紅茶を淹《い》れに立った。

部屋の隅っこにある例のコーナーで、茶葉の缶を選んでいる。コーヒーは僕の役目だけれど、紅茶ならばダイアンが淹れたほうが断然おいしいのだ。

保温ポットのお湯をいったん捨て、わざわざ新しくミネラルウォーターを注《つ》いで沸《わ》かしているダイアンを、なんだかんだ言っても、はるばるやってきた妹にできるだけのことをしてやりたい気持ちはふつうにあるんだよな、と思いながら眺めていたら、

「ねえあなた、アボリジニ？」

ハスキー・ヴォイスにびっくりしてふり返ると、机の角に軽く腰掛けたアレックスが、今度はマリアをじろじろ観察していた。

「そうだよ」

「何族？」

ポットのお湯がシュウシュウと音をたてて沸き始めているせいか、ダイアンはこちらの会話に気づいていない。向こう端の席に戻った秀人さんもだ。

「アナング族だよ」

マリアが鷹揚《おうよう》に答える。

「ふうん。アボリジニにしては肌の色が薄いんだね。混ざってるの？」

「ミズ・アレックス」

僕は口をはさんだ。

「何？」

彼女が僕のほうを向く。見れば見るほど整った顔立ちに内心ちょっとだけひるみながら、僕は言った。

「ちょっと、ぶしつけなんじゃないかな」

「構わないよ、イズミ」

マリアが取りなす横で、

「どうして？」

アレックスがきょとんとする。

「だってきみ、ほんのついさっきマリアに会ったばかりじゃないか。ふつう、初対面の人にそういう失礼なこと訊く？」

かたちのよい眉《まゆ》がぎゅっと寄った。

「え、言ってることがわかんない。なんでいけないの？　なんで訊くのが失礼なの？　マリアがアボリジニだから？」

「ちょ、きみ……」

「だって、たとえばだよ？　もしも私がそのへんにいる観光客に向かって、『ねえ、あなたドイツから来たの？』『どこの町の生まれ？』『ドイツ人にしてはあんまり鼻が高くないみたいだけど、もしかしてどこかよその国とのハーフなの？』って訊いたとして、あなた、今みたいに目をつり上げて怒る？」

「それは……それだって充分失礼だろ」

「だとしたって、今ほどは怒らないんじゃない？」

「………」

「ほらね。おかしいじゃない。アボリジニであるマリアにさっきみたいな質問をしたら怒って、同じ質問をドイツ人やイギリス人やノルウェー人にしたら怒らない。ドイツ人に『鼻が高い』って言うのはよくて、アボリジニに『肌が黒い』って言うのはいけないなんて、ヘンじゃない？　どっちもただの人種的な特徴に過ぎないのに、鼻の高さについて話すことと、肌の色について話すこととの間に、何か差があるとでも言いたいわけ？　だとしたら、あなたこそ、心の底ではアボリジニや黒色人種を差別してるってことなんじゃないの？」

「俺は……何もそんなつもりじゃ、」

「これこれ。もう、そのへんにしときな」

　レフェリーよろしく割って入ったのは当のマリアだった。奥のダイアンのほうへちらりと目を走らせ、声を落とす。

「ね。二人とも、ちょっと落ち着きなさいって」

　なおも何か言いかけたアレックスを、いいからお聞き、と分厚《ぶあつ》いてのひらでさえぎる。

「ねえ、アレックス。あたしは、小学校の教師をしてるの。そのせいで、何を言ってもお説教臭《くさ》く聞こえちゃうかもしれないけど、そのへんは職業病だと思って大目に見ておくれね。先に謝っておくからね。——あのね。あんたの言うことにも確かに一理ある。なるほど、あんたがドイツ人に同じことを訊いても、イズミはそんなには目くじら立てなかったろうさ。だけど、考えてもごらん。ドイツ人は、ドイツ人だからっていうだけの理由で、誰かから面と向かって差別されることがあるかい？　めったにないだろ？　その点だけ考えたって、あたしたちアボリジニとは違う。イズミは何も、あたしたちを差別してああ言ったわけじゃない。ただ、ともすれば差別されてしまいがちなあたしの心情を慮《おもんぱか》って、なるべく傷つくことのないように、先回りして気にかけてくれただけなんだよ。そこんとこ、わかるかい？」

眉根《まゆね》に寄せられた皺《しわ》はそのままだったが、アレックスは下唇《したくちびる》を噛《か》んでしばらく考えていた。そうしてやがて、渋々ながらうなずいた。思ったより素直でびっくりした。

「よしよし。わかりゃいいんだよ。それからね、」

マリアは一段と声を低めて言った。

「あたしにとって、ダイアンは大の親友なんだ。白人もアボリジニも関係ない、世界中でいちばんの、大事な大事な友だちなの。その彼女を、いくら肉親だからって、妹の立場に甘えて不用意に傷つけたりしたら、あたしゃあんたをただじゃおかないからね。いいね」

優しげな微笑《ほほえ》みを浮かべ、とても穏やかな調子でささやかれた言葉だけに、マリアの言葉にはかえって凄《すご》みがあった。さしものアレックスも、張りつめた面持ちでうなずくしかなかった。

「よしよし。わかりゃいいんだよ」

　マリアが満足げにくり返したところへ、ダイアンが、人数分のマグカップをトレイにのせて運んできた。いや、奥にいる秀人さんのぶんは先に置いてきたらしい。

「なあに？　あなたたち、ずいぶん真剣に話し込んでたみたいじゃない」

「まあね」

　とマリア。

「何を話してたのよ」

「せっかく来たんだから、こっちにいる間、イズミにあっちこっち案内してもらったらいいんじゃないの、って」

　げ、と思ったけれど、さすがに口に出すわけにもいかない。アレックスのほうも、眉を寄せたまま黙っている。

　ダイアンはマグカップを配りながら僕らをけげんそうに見比べたものの、結局、軽く肩をすくめた。

「イズミさえよければ、いいんじゃない？　どう、イズミ。お願いできる？」

「え。あ、そりゃ……」

「ちょっと待ってよ」アレックスが言った。「彼だって、そんなこと急に言われたら迷惑にきまってるじゃない」

迷惑なのはあんたのほうだろう、と思う。そこまで露骨にいやそうな顔をしなくたっていいじゃないか。

「あらまあ、アレックス。あなたもずいぶん大人になったのね。人の迷惑を考えられるようになっただなんて。――まあいいわ、そのへんのことはあなたたちで相談して決めてちょうだい。イズミも、いやなことはいやって言っていいんだからね」

「……はあ」

「ほらアレックス、上着をよこしなさいよ、あっちに吊《つ》るしといてあげる」

ここに着いた時左の腕にかけていた麻《あさ》のジャケットを、アレックスは座ってからもそのまま膝の上に置き、ぐるっと腕に巻きつけるようにしていた。

「いいよ、このままで」

「だって皺になっちゃうじゃない、ほら」

ダイアンがのばした手を、

「いいってば」

ふりはらうように腕を引いた拍子に上着がずり落ちかけた。

「あら」ダイアンが眉をひそめる。「なあに、その指。どうしたの？」

見ると、アレックスの左手の指には白いテーピングが巻かれていた。中指と薬指、二本まとめて。なんだかバレーボール選手みたいだ。

「突き指」

と、仏頂面《ぶっちょうづら》で彼女。

「なんで。どこでよ」

「隣の子どもたちと、庭でバスケットしてて」

「ジェイスン家に子どもなんていた？」

「違う、逆。キャメロンさんとこに孫が来てたの」

「ばっかねえ。いったいなんだってバスケットなんか」

「だって、向こうが勝負しようって」

ダイアンがあきれ顔になった。

「『ずいぶん大人になったのね』って褒《ほ》めたと思ったらこれだもの。まあ、考えてみたらあなた、昔から子どもたちには人気があったけどね。ねえ、それ、大丈夫なの？　ちゃんとお医者行った？」

「うん。もう治りかけだし」

「そう」

まだ何かたくさん言いたいことがありそうだったが、残りのほとんどは呑《の》みこむことにしたらしい。

「休暇中でまだよかったわね。気をつけなさいよ、責任ある身なんだから」

それだけ言って、ダイアンは紅茶を口に運んだ。

（責任？）

ちらっとマリアを見たが、マリアも怪《け》訝《げん》な顔を返してよこすだけだ。

僕は、自分のを飲みながら、カップ越しにアレックスのほうをうかがった。さっきから彼女は断固として僕を見ようとしない。まるで壊れた扇風機みたいに、ある角度からこっちへは絶対に顔を向けないのだ。

やれやれ、どこが『大人になった』だよ、と思う。隣の子どもに挑発されて突き指するのも、あんなふうにムキになって僕につっかかってくるのも、結局は自分が子どもだからじゃないか。

さっき、ダイアンが最初に妹のことを僕らに話していた時には、じつは内心、ちょっと大げさに感じていたのだった。何もそこまでボロクソに言わなくても、とか、ダイアンみたいな人でもやっぱり身内に対しては点が辛《から》くなるものなんだな、とか。

でも今は、彼女の気持ちがかなりわかる。

むしろ、積極的に肩入れしたい気分だった。

5

久しぶりに出勤してきた佐藤教授が、ちょっと相談がある、と言って秀人さんを外へ誘ったのは、その翌日の午後のことだった。

オフィスに残された僕とダイアンは、いつもよりずっと言葉少なだった。頭の中を占めているのは〈所長の相談って何?〉という疑問ただひとつで、それはもう、二人していくら話し合ったところで答えがわかるわけじゃない。

というわけで、その日の午後、ダイアンは計理データの打ち込みのためにひたすらパソコンに向かい、僕は僕であちこちに積み上げられた書類や郵便物を整理しながら過ごした。

静かでけだるい昼下がりだった。通奏低音《つうそうていおん》みたいにエアコンが唸《うな》り、それを縫《ぬ》うようにダイアンがキーボードを叩《たた》く音が響くだけだ。

部屋の中は適度に冷房が効《き》いているけれど、窓の外には今日も凄《すご》みのある青空がひろがっていて、赤い地面がとうてい直視できないくらいの眩《まぶ》しさで太陽光線をはね返していた。外へ出なくても、窓から見ているだけで喉《のど》が渇いてくるほどだった。

　こんな暑い日に、所長と秀人さんはどこで話をしているんだろう。マーケット前のオープンカフェは軽く食事をするにはいいけれど、真面目《まじめ》な話にはとても向かない。観光客だらけで落ち着かないことこの上ないのだ。となるとおそらく、ホテルのバーかラウンジあたりだろうか。うっすらとした暗がりで、昼間から日本人のおっさん二人が真面目に話しこんでいる様子は、観光客の目にはどう映るんだろう。ビジネスマンには見えそうにないし、いったいどういう組み合わせかといぶかしく思うんじゃないか。そんなことを考えてぼんやりしていたら、

「イズミ」

　ダイアンに呼ばれて我に返った。

「あ、すいません。いま俺、だいぶ長く手が止まってましたよね」

「ううん、そうじゃなくて」

回転椅子《いす》をこちらに向けた彼女は、かぶりをふって微笑《ほほえ》んだ。ちょっと疲れたような顔をしている。

「アレックスのことなんだけど」

――そうか。忘れていた。

朝、ダイアンと挨拶《あいさつ》を交わした時には思い出したのだけれど、とくに話題にものぼらないまま、そのあとは久々に所長の顔を見たり秀人さんが呼び出されたりですっかり頭から飛んでいたのだ。

「昨日《きのう》はごめんなさいね」

「いえそんな。あなたが謝ることじゃないですよ」

「でも、いろいろと不愉快な思いもしたでしょう」

「まあ、ものすごく愉快だったって言えば嘘《うそ》になりますけど、なんていうかこう、新鮮でしたよ。なにせ俺にとっては初めての体験でしたからね」

「何が？」

「あんなに綺麗《きれい》な女の子を間近に見るのも、そういう子にあれだけのことを言われるのもです」

ダイアンは苦笑いした。

「そういえば、ホテルには問題なくチェックインできたんですかね」

「あのホテルでチェックインに問題があったとしたら、それこそ問題じゃない？」

と、ダイアンは言った。

あのあと、アレックスは自分で借りた車を運転してホテルへ向かった。いくつものホテルが集まって建てられているリゾート施設ユララでは、どこに宿を取ろうと、互いの距離はそんなに離れてはいない。ただ、もちろんホテルによってランクの差はあるわけで、アレックスが予約を入れてあったホテルは、このあたりでもいちばん新しくできた超高級リゾートだった。

設備やサービスはスーパー・ラグジュアリーだが、当然、宿泊料もそれに比例したスーパー・プライスのはずだ。もしや、若くて物知らずのアレックスが、そうとは知らずに間違って予約してしまったんじゃ、と心配になったのだが……。

馬鹿なことを口走らなくて、ほんとによかった。到着が少し遅れる、とホテルに連絡す

るために、アレックスが取りだしたルイヴィトンの財布からぱらりと落ちたのは、なんと、アメリカン・エキスプレスのブラックカードだったのだ。

「実物を見たのなんか初めてでしたよ」

と、正直に僕は言った。

「拾って渡してやるのに手が震えたとまで言うとさすがに大げさだけど、プラチナの上にブラックカードなんてものがあるってこと自体、都市伝説なんじゃないかと疑ってたクチですから。賭《か》けてもいいですけど、死ぬまでの間に、もう二度と触る機会はないでしょうね」

　途中から、ダイアンはげらげら笑いだしていた。

「ああおかしい。で？　実際に手にしてみた感想は？」

「……ほんとに黒いんだな、って」

　そこまで笑わなくたって、とも思ったけれど、いまひとつ元気がなさそうだったダイアンの明るい笑い声は僕をほっとさせた。

「こんなこと、訊《き》いていいかどうかわかんないんですけど……お父上って、何をしてる人なんですか？」

「うーん、なんかいろいろよ。経営の主体はシドニーにあるＩＴ関連会社なんだけど、ほかにも大きい都市のほとんどにレストランを出してるし、不動産も各地にいっぱい持ってるみたいだし。ま、私にはもう、まったく関係ないけどね」

「まったく？」

「そうよ。離婚の時、母はすでに父からそれなりの慰謝料をもらった上で別れてるんだもの。それ以上、何の権利もないわ」

　ダイアンの口調はさばさばしていた。

「とにかく、アレックスよ。せっかくはるばる来たのに、うちに泊めてやれなかったじゃない？　まあ、うちよりあのホテルのほうがはるかに居心地いいにきまってるけど、それでもやっぱり気になっちゃってね。今朝《けさ》、電話してみたの」

「どうでした？　ゆうべはちゃんと眠れたのかな」

「っていうか、まさに寝てるところを起こしちゃったみたいで、すっごく不機嫌《ふきげん》だった。『休暇で来てるのにどうして朝っぱらから電話に叩き起こされなくちゃいけないの？』ですって。……ま、それは私のミスね」

「なんですか」

　僕は憤慨《ふんがい》して言った。

「相手が自分のこと気《き》遣《づか》ってくれてるのに、彼女いったい何が不満なんですか。それこそ休暇中なんだから、起こされたってまたすぐ寝りゃいいんだ。文句言うようなことじゃないですよ」

「それはまあそうなんだけど」

　ダイアンは、ふふ、と目《め》尻《じり》に皺《しわ》を寄せた。

「私のミスって言ったのは、つまり、あの子だったら当然そういう反応が返ってくるってことを考えずに電話しちゃったからよ。急ぎの用事じゃないんだし、午後まで待てばよかったの」

「そんな気を遣わなくても……」

「ううん。姉妹とはいっても、年がこれだけ違うし、血は半分しかつながってないし、何より、ずっと長く離れて暮らしてたでしょ？　ふつうの姉妹に比べて、少しばかり多めに

配慮が必要なのは仕方のないことなのよ」

僕は、黙るしかなかった。ダイアンが言うことも、それはそれでわかる気がしてしまったからだ。

「ゆうべ、うちに帰ってから、マリアには我が家の事情や何かをいろいろ打ち明けたんだけどね。マリアが言うには、イズミにも話しておいたほうがいいんじゃないかって」

「俺に？」

「ええ。私もそう思うの」

「なんで俺に？」

「アレックスがこっちにいる間、あなただって何かと顔を合わせることになるでしょ？それに、へたをすると格好の標的になっちゃわないとも限らないから」

「は？」

「あの子ったらね、すぐ、仮想敵を作りあげる癖があるのよ」

思わず、まじまじとダイアンの顔を見てしまった。

「仮想敵」

「そうなの。昨日みたいに私に絡《から》むのは、あの子なりの屈折した愛情表現なのよ。ああ見えて、アレックスはどうやら私のことが大好きみたいなの。こんなことを自分で言うのもどうかと思うんだけど」

「あ、いえ」僕は急いで言った。「なんとなく、そうなんじゃないかって気はしてました」

ダイアンはうなずいた。

「だからこそ、私が気に入ってる相手ほど、あの子は気に入らないってわけ」

「つまり、やきもち……」

「そういうこと。ほら、昨日だって、あなたに対してだけ、ずいぶんな態度だったじゃない？　あれもつまりそういうことよ。私がついつい、『大事な同僚』なんて言っちゃったから」

「いや、あれは……すごく嬉《うれ》しかったですけど」

僕がごにょごにょ言うと、ダイアンはあっさり「ほんとにそうだもの」と言ってくれた。

「去年はね、ヒデが〈仮想敵〉だったの。あのとおりの人だから、アレックスからどれだけ睨《にら》まれようがまるっきり気にしてなかったみたいだけどね。本当に気づいてなかったのか、それとも気づいてて受け流していたのかはわからない。いずれにしても、結果はアレックスの完敗だった。ガイドツアーに誘われて、おとなしくついていくだなんてあり得ないわよ。何が気に入ったんだか、よっぽど懐《なつ》いちゃったみたいね」

「……なんか、わかる気がするな」

僕はつぶやいた。

「うん？」

「あの彼女が、どうして秀人さんには気を許したかっていう、そのあたりの事情がね。わかるような気がする」

「ヒデがあれだけ穏《おだ》やかな人だから、っていう理由だけじゃないの？」

「もちろんそれが基本にあるでしょうけど。あ、でも秀人さん、穏やかなばっかりじゃないですよ。いったんキレると半端《はんぱ》じゃないし」

「私、まだ見たことないわ」

「いやもう、マジで。手負いの熊《くま》みたいです」

思わず、舌の先で前歯をまさぐってしまった。

あの時の激烈な痛みは、今はもう遠い。こんなふうに痛みや苦しみを忘れていってしまうからこそ、人間は次もまた愚かな無茶をくり返すんだろう。

けれど、すべての痛みや苦しみが均等に遠くなるものかといえば、それは違う。自分が原因の、自分に落ち度のある過《あやま》ち――身の裡《うち》から突きあげるその苦痛は、他者からもたらされるものよりもはるかに深く心に食いこみ、はるかに長く残る。おまけに当人は、その苦痛が早く取《と》り除《のぞ》かれることを必ずしも望まない。なぜなら、できるだけ長く苦痛が続くことこそが罰であり、罰に耐えることによって、罪を償《つぐな》っているかのように錯覚できるからだ。実際には何の償いにもなってなんかいないのに。

「たぶん――勝手な想像ですけど――アレックスは、無条件に許してくれる人が欲しいんじゃないかな」

考え考え、僕は言った。

「彼女を見てると、日本の友人を思い出すんです。全然タイプも違うし、どこが似てるっていうんじゃないのに、妙に重なるとこがあって」

「もしかして、あなたの恋人？」

「いえ、違います。でも、何年も前から、俺のことを想《おも》っててくれた子です。俺に別の相手がいるっていうのはわかっていながら、ずっと気持ちを隠さずにぶつけてきてた。だけど俺にはどうしようもなくて……だからって友人としての彼女を失ってしまうのも忍びなくて……お互いの間にあるその問題と折り合いをつけるっていうのは、ほんとに難しいことだったけど、難しかったぶんだけ、最終的には特別な友人になりました。すごくざっくり言うと、そういう相手です」

「なるほどね。で、その友人とアレックスがどうして重なるのかしら」

僕は、窓から離れて、そばの机に腰掛けた。デニム越しにスチール机の冷たさが伝わってくる。

「彼女は、感情的にいちばんしんどかった時期に、わざと俺に嫌われるようなことばっかり仕掛けてきたんです。俺の恋人……だったひとに、やたらとからんで困らせたり、俺のアパートの部屋の前に座りこんで待ち伏せたり、それとか、俺ら二人が一緒にいるのを見かけたからって、駅から公園までこっそりあとをつけたこともあった。それをまた、いちいち俺に報告するわけですよ。ふつうだったら隠すじゃないですか、嫌われたくなければ。

でも、彼女は逆だった。わざと俺に嫌われることで、自分の気持ちを断《た》ち切《き》ろうとして、だけど本当は嫌われたくないから、すぐに後悔して必死に謝ってくる。そのくり返し。おまけに当時の彼女は、ものを食べることがうまくできなくなっていて。一時は、やばいくらい痩《や》せてしまってました。きっと、精神的にもものすごくしんどいところを綱渡りしてたんだと思います。俺が見てる前でなら食べるから、できるだけ一緒に食事して……でもそのことを、俺は恋人には言えなくて」

ダイアンは、黙って耳を傾けている。

「俺も、あの頃はぜんぜん余裕がなくて苛立《いらだ》ってばかりいました。自分の大事なひとを傷つけられることに我慢ならなかった。……なーんてえらそうなこと言いながら、ほんとは俺のほうこそ、どっちにも嫌われたくなくて、彼女にも恋人にもいい顔をしてみせるコウモリ野郎だったんですけどね」

ダイアンの真剣な視線を受けとめながら、僕はゆっくりゆっくり話した。複雑なことを説明するのは難しかったし、いったん口に出した言葉のニュアンスが伝えたいこととは何か違うように思えて別の言葉に言い直すこともしばしばだったけれど、ダイアンは辛抱強《しんぼう》く聞いてくれていた。

「ただ……そういうことの真ん中にいた時にはよく見えなかったことが、こうして時間がたって、距離的にも離れてみると、けっこう見えてくるものなんですよ。俺のとってきた態度はたしかに優柔不断だったし、そのせいで彼女たち二人ともを苦しめてしまった場面だって実際にいっぱいあったんだけど、それでも、俺がその友人をとうとう一度も完全には拒《こば》まなかったっていうことが、彼女の心を救った側面もあるんじゃないかって。なんか、すごく自分に都合のいいことを言ってますけど、ほんとにそういう部分はあったように思うんです。彼女が俺に嫌われようとして取った行動はどれもこれも、一つひとつがぎりぎりの確認作業だったんじゃないか。これほどのことをしても『しょうがないなあ』って許してもらえる、見捨てないでいてくれる……そういう相手が、彼女には必要だったんじゃないか。もしかすると、必ずしも俺でなくてもよかったのかもしれない。それはどうだかわかりません。だけど、とにかく——人には、誰かから全面的に肯定してもらう経験っていうのが、一生にせめて一度は必要なんじゃないかと思うんです。できれば、子どものうちに。そうじゃなくても、できるだけ早い時期にね。これについては、彼女とそれほど詳《くわ》

しく話したわけじゃありませんけど、家庭環境にちょっと問題があったみたいな話をしてたことがありました。そういうことを考えあわせてみると、彼女にとって、俺とのやりとりがどれだけ重い意味のあることだったか……。よくもまあ、あの危うい綱を無事に渡り終えられたもんだと思って、けっこう真剣にしみじみするんですよ。当時はそれが細い綱だってことも、足の下が深い谷底だってこともあんまりよく見えてなくて、かえってそれがよかったのかもしれないけど」

　ダイアンは、やっぱり黙ったまま、何度もくり返しうなずいていた。その友人とアレックスがどうして重なるのか、とは、もう訊かれなかった。

　話しているうちに、何だかむしょうに星野りつ子に会いたくなった。ついでと言ってはなんだけど、原田《はらだ》先輩にも。あの二人の顔や、彼らからつながる世界のことだったら、思い浮かべてもそう辛《つら》くならないで済む。そういえば若菜《わかな》ちゃんはどうしているかな、と思う。誰かに髪をばっさりちょん切られたとかで、家の中でも帽子をかぶっていたけれど、髪はもうすっかり伸びただろうか。あの過激なお喋《しゃべ》りが懐《なつ》かしく思える。

　所長と秀人さんはまだ戻ってこない。出かけていってからそろそろ二時間になるのだけれど。

僕の視線をたどって壁の時計に行き着いたダイアンも、ちらりと気遣わしげな表情を見せた。

「アレックスも、いいかげん目を覚ましましたかね」

僕はあえて別のことを言った。

「そうねえ、さすがにもう起きてるでしょうよ。きまり悪くて連絡してこられないでいるんだと思う。昔からあの子、寝起きはものすごく不機嫌なの。それでいてあとで後悔するのよ」

「『妹の考えてることは私にはさっぱりわからない』って、昨日は言ってた気がするんですけど」

「ええ。言ったわよ」

「でも、こうやって聞いてると、もしかしてアレックスって、案外わかりやすいタイプなんじゃや……？」

ダイアンは目を丸くしたかと思うと、一拍おいて、ぷーっと噴《ふ》きだした。

「ほんとだ。言われてみれば確かにそうだわ。それ当たってるかも」

そうして目尻にくしゃくしゃの皺を寄せて笑っているダイアンは、あらためて眺めてみても、じつに女性らしい魅力にあふれていた。

秀人さんの飄々《ひょうひょう》とした風貌《ふうぼう》を思い浮かべる。いっそ、ほんとにこの人とくっついてしまえばいいのに、と思う。

こんな魅力的な女性が自分を想ってくれるのなら、人生万々歳《ばんばんざい》じゃないか。兄貴の奥さんに対して、この先も決して叶《かな》わない想いを抱《いだ》き続けるなんて辛すぎる。この人との未来を考えたほうが、ずっと幸せになれるだろうに。

誰かを恋する気持ちはそれほど簡単なものでもなければ理屈で割り切れるものでもない、ということは誰よりわかっているはずなのに、つい本気でそう思ってしまうくらい、僕はいつのまにかダイアンのことを人として好きになっているらしかった。

「うちの両親が離婚した原因は、父の浮気でね」

ダイアンは静かに言った。目尻にも唇《くちびる》にも、まだ笑みが残ったままだった。

「難しいものよね。どちらかが別の相手と結婚という契約を結んでいるだけで、〈恋〉は

〈浮気〉と呼ばれてしまう。相手を好きになる気持ちそのものは、きっと同じなのにね。でも実際、父のしたことは結婚に対する契約違反には違いないわけだし、母は父をどうしても許せなくて、別れることを選んだわけ。もちろん慰謝料はきっちりもらった上でね。なかなかシビアにもぎ取ったみたいよ」

「それ、幾《いく》つの時ですか?」

「十四。けっこう早熟だったし、大人の世界のことはもう大体わかってた」

「じゃあ……辛かったですね」

「うーん、かえって淡々としてたかな。夫婦なんて、相手を思いやる気持ちがなくなったらこんなにあっけなく壊れるものなんだな、ってつくづく思ったわ。別れないでくれとか何とか、両親に頼む気にもならなかった。なぜってね、一度ばったり会ってしまったのよ、父の恋人と。のちに生まれたアレックスを見ればわかるでしょう? 想像してみてよ。ものすごい美人よ。当時はモデルとしてファッション誌の表紙を飾ってたくらいだから、プロポーションも抜群で、肌から髪から爪の先まで完璧《かんぺき》に手入れされてて……そうして、子どもが見たってわかるほどのそりゃあもう極上の靴《くつ》をはいてた。いまだに目に焼き付いてるわよ。ミッドナイトブルーの、リザード革《がわ》のピンヒール。それを見たとたんに私、妙に納得しちゃったの。ああ、しょうがないや、私のマムじゃとてもかないっこない、ってね。母自身もたぶんそう思ったんじゃないかしら。だけど、女としてはたまったもんじゃないわよね、負けを認めざるを得ないっていう事実そのものが、プライドをズタズタにしてくれるんだもの。母は、だから父を許す気になれなかったんだと思う。無駄に勝負を長引かせたりせずに、受け取るものだけ受け取ってさっさとリングを下りた彼女の判断は、いま考えても正しかったと思うわ。そのわりに、あとがいけなかったけど」

「あと？」

「……ううん、いいの。それはまた別の話。まあ要するに、男性に関しては運に恵まれない人だったのよ、うちの母は」

例によって、ずいぶんとさばさばした調子でダイアンは言った。

思春期の真《ま》っ只中《ただなか》に父親が恋人を作り、両親が離婚して、母親と二人きりになって……。

複雑な思いがなかったはずはない。生活だってそれまでとは一変しただろう。でも、そういう話をことさらに不幸めかして語らないところが、彼女なりの矜恃《きょうじ》なのかもしれなかっ

た。

「別れたあと父は、母と会うことはほとんどなかったけど、私のことはよく呼び寄せたの。ジェインは……アレックスを産んだ母親だけど、彼女はそれっきりもう次の子どもを望めない体になってしまったから、父はよけいに私たちを会わせたかったんだと思う。二人きりの姉妹だものね。小さい頃のアレックスは、そりゃあ可愛《かわい》かったわ。親たちばかりか私もめろめろだった。ほんとに、クリスマスカードに描《えが》かれる金髪のエンジェルそのままだったの。だけど、私も高校、大学と進む間に、なんだかんだと自分のことに忙しくなっちゃってね。何年かたって、久しぶりに会ってみたら、アレックスは――笑わない子になってた。ジェインはとてもいい人だけど、姿かたちの素晴らしく優《すぐ》れた人が、頭の中まで素晴らしく優れているかっていうと、そうとも限らないわけでね。――失礼、いやな言い方して」

僕は、黙ってかぶりをふった。

「とにかく、彼女の力では、アレックスが持って生まれたちょっと厄介《やっかい》なくらいの繊細《せんさい》さを理解することも、それをいいほうへ伸ばして楽にしてやることもできなかったのよ。だからこそ、アレックスが音楽っていう宝物を見つけられたのは、彼女のために本当に幸せな巡《めぐ》り合《あ》わせだったと思うわ」

「音楽？」

　意外な声をあげた僕に、ダイアンはいとも当たり前にうなずいた。

「六歳くらいから、彼女、クラシックギターを習わされてたの。たまたまジェインの友人に、その世界ではちょっと名の知れたギタリストがいたものだから。アレックスも、最初のうちは母親に褒《ほ》められたい一心で練習してたんだろうけど、途中からはむしろギターが母親から自由になるための道具になっていったみたい。そのうちにはクラシックさえも離れて、ギターを弾《ひ》きながら自分で歌うようになったのよ。知らない？〈アレキサンドラ〉って名前でアルバムも何枚か出してるんだけど」

　残念ながら知らない、と正直に僕は言った。

　この国に来てからずっと、音楽を聴くような気分じゃなかった。日本を思い出させる曲はもとより、新しいアルバムを試すだけの気持ちにもまったくなれなかったのだ。

　と、急にひらめいた。

「ああ、そうか」

「ん？」

「だから昨日あなたは、アレックスの突き指のことで『責任』って言ったんですね。あの時からどういう意味だろうと思ってたんです」

「そうそう、あれね。ツアーとかレコーディングとかの前だったら、きっと大勢に迷惑かけちゃうところだったわよ。自分にとって指と声こそが命だってことぐらい、いやっていうほどわかってるはずなのに、よりによってバスケットボールですって」

「それも、お隣の孫に挑発されて」

「まったくよ」

あきれ顔でダイアンは言い、僕らは二人して、やれやれと笑った。

「でもまあ、音楽は、あの子が自分の世界で、自分の考えでやっていることだからね。私なんかが傍《はた》からとやかく言うことじゃないと思って。ガチガチのクラシックだけしか弾くことを許されてなかった頃は、彼女、ギターを憎んでるみたいに見えた時もあったものだけど、今、弾きながら歌ってる姿は本当に愉《たの》しそうなのよ。自分を縛《しば》るすべてのものから解放されて、彼女だけに見えている何ものかに手が届いたみたいな、そんな幸せそうな顔して歌ってるの。その時だけは、昔のままの金髪のエンジェルに戻るみたい」

こんどＤＶＤを貸すから、一度見てやってほしいわ、とダイアンは言い、もちろん、ぜひ、と僕は言った。

「本人に頼んで歌ってもらうなんていうのは、どう考えても無理そうですもんね」

「そもそも誰が頼むかっていうところからして譲《ゆず》り合《あ》いになりそうよね」

「猫の首に鈴、みたいな?」

「あなたもけっこうひどいこと言うわねえ」

「お姉ちゃんが先に言ったんでしょうが!」

ばかなことを言い合っていた時だ。

「あ、帰ってきた」

とダイアンがドアをふり返った。

外のポーチを歩くごついワークブーツの足音がして、それからドアが開き、秀人さんが入ってきた。サファリシャツが汗で体に張りついていた。

「あら？　所長は？」

「………」

難しい顔で黙りこくったまま、いちばん奥の自分のデスクにたどりつくと、秀人さんはどさりと腰をおろした。

飲みかけだったミネラルウォーターのボトルを取り、半分くらい残っていたのをぐいぐい飲み干す。足もとのゴミ箱に捨てようとした空のボトルは狙いがそれてころころと床に転がったが、拾おうともせずに両肘《りょうひじ》をついて頭を抱《かか》えると、

「ふうう……」

ほとんど呻《うめ》き声《ごえ》のような長いながい溜《た》め息《いき》をついた。

それから、ようやく顔をあげた。

「佐藤さん――日本へ帰るってさ」

ダイアンは、それを聞いても何も言わなかった。おそらくは僕と同じで、だいたい予想がついていたのだろう。

口をはさんでいいものかなと思いながらも、僕は言った。

「いつごろですか」

「来週」

「はあ？」

初めてダイアンが声をあげた。

「な、何それ、なんだってそんなに急なの？　せめて年度の区切りとか、いくら早くたって数か月は先の話だと……」

「急じゃあ、ないんだってさ。本人に言わせると」

とても低い声で、秀人さんは言った。

「もうずっと前から考えてて、心が決まってからは少しずつ準備も進めてたらしい。じつは今、所長の家まで行って話してたんだ。そのほうが落ち着いて話せるだろうって言われて行ったけど、一歩入ったとたん、聞く前から何の話だかわかったよ。部屋の中はもうほとんど片付いてて、あとほんのいくつか残ったものだけ業者に頼めば、明日にだって引き払えそうだった」

デスクに肘をついたまま、組み合わせた手を口もとに押しあてているせいで、秀人さんの言葉はくぐもって聞こえた。すごく平板な話し方なのはたぶん、懸命に感情を抑《おさ》えているからなんだろう。

怒りを爆発させる時の秀人さんも怖ろしかったが、今みたいな彼は、別の意味でもっと怖《こわ》かった。まるで噴火直前の火山だ。それも、今すぐにでも溶岩を噴きあげそうな火口に、きつい栓を無理やりねじ込んだみたいだった。

「それってつまり、ここをたたむっていうことなの?」

と、ダイアン。

秀人さんは黙っている。

「……ひどい。まだ、途中になってる調査はいっぱいあるのよ? データだって整理しきれてないし、それに秋にはまた学生たちが来ることが決まってる。せっかくアボリジニ文化に興味を持ってくれてるのに、その子たちの単位はどうなるのよ」

この研究所では毎年、春と秋に、シドニーやパースやブリスベンなどの大学からゼミの学生たちを受け容《うい》れている。一週間ほど滞在し、幾つかのフィールドワークをこなしたり、レインジャーから講義を受けたり、時にはアボリジニの長老たちからも話を聞いて、夜は夜で宿舎に集まってディスカッションする。それらのカリキュラムをすべて修了すると、大学での正式な一単位と数えることが認められるのだ。

僕も、今年の春の学生たちの様子は見ていたけれど、有意義でしかも希有《けう》なカリキュラムであることはよくわかったし、参加した彼ら自身もとても喜んでいた。最終日なんか、いろいろ教えてくれた長老と抱き合い、感極《かんきわ》まって泣きだした学生までいたほどだ。

でも、研究所がもしもこのままなくなってしまったら、ここを予定に組み込んでいた学生たちは急遽《きゅうきょ》、単位を取るための別の方法を探さなくてはならなくなる。そんなことが今から可能なんだろうか。わからない。

「説得は、したのよね」

「ああ。無駄だったけどね。どんな言葉ももう、あの人には届かないらしい。俺が何を言ってもぜんぜん話にならないんだ、『あとはきみに任せる』の一点張りで」

「——え？」

もう一度深い溜め息をついて、秀人さんは言った。

「『きみがここを引《ひ》き継《つ》げ』って」

「なによ」

「なんだ」

ダイアンと僕の声が、きれいに揃《そろ》ってしまった。

「なんだじゃないよ」

と、秀人さんが日本語で心底いやそうに言う。それから英語でもう一度同じようなことをくり返した。

「俺はね、上に立つような器《うつわ》じゃないんだ。所長なんか、どう考えたって向いてないよ」

「ばかなこと言わないで」

ダイアンがぴしゃりと言った。

「じゃあ、ミスター・サトウが上に立つ器だったとでも？　所長に向いていたとでも？」

「や、それは……俺のせいじゃないっていうか」

「誰のせいなんていう話をしてるんじゃないでしょ？　部隊の指揮官が戦場から逃げちゃった以上、残された誰かが指揮を取らなきゃしょうがないのよ。となったら、ここにはあなたしかいないってことくらい誰が見たって一目瞭然《いちもくりょうぜん》じゃない」

「だけど俺は、責任なんか取りたくないんだよ」

秀人さんが子どもみたいな駄々《だだ》をこね始める。

「あえてちゃらんぽらんでいたいんだ。自由な立場で、いつでも思い立ったらすぐにどこかへ、どこへでも、行けるようにしておきたいんだ。だからこそこれまで、そういう立場を押しつけられそうな職場を注意深く避け続けてきたってのに」

ダイアンが、あっけにとられたようなあきれ顔で秀人さんを眺め、それから僕を見る。

僕は、思わず微妙に目をそらしてしまった。

「……あなたの気持ちはわかったわ、ヒデ」

ダイアンは、同情たっぷりのまなざしで秀人さんを見つめながら言った。

「残念ね。どんなに愉しい休暇だって、いつか終わるのよ」

*

その晩、アレックスのウェルカム・パーティをしようと言いだしたのはマリアだった。

大げさなものじゃなく、みんなでわいわい集まって、料理をしながら、つまみながら、飲みながら、といった感じのカジュアルなやつだ。

　ダイアンがアレックスに電話をしてみると、わりと素直に「行く」と言ったそうで、これまたちょっとばかり意外だった。食事は一人でするのが落ち着くの、とか何とか意地でも張るかと思ったけれど、もしかすると中身は案外さびしがり屋なのかもしれない。

　せっかくだからヨーコさんも誘おうということになり、総勢六人ぶん（秀人さんが食べる量を考えたら念のため八人ぶんくらい）の食料を仕入れに、夕方から僕はダイアンを車に乗せてリゾート内のスーパーへ出かけた。〈せっかくだから所長も誘おう〉とは、ダイアンも秀人さんも言いださなかった。残念だけれど、それはもう仕方のないことかもしれなかった。

「ごめんね、イズミ。結局あなたのとこにお邪魔することになっちゃって」

　車の中で、ダイアンは言った。

「うち、いまマリアが来てて荷物とかごちゃごちゃしてるし、ヒデのキッチンはたとえ包丁があっても切れるかどうかって感じでしょ？　あなたのところがいちばんまともじゃないかって――それもヒデが勝手に言いだしたんだけど」

さっきの一件から、口調はもうすっかり秀人さんのことをワガママ坊主扱いだった。

「全然かまいませんよ」と僕は言った。「あんな広い部屋に一人住まいなんで、いつももったいないと思ってたくらいなんです。今回が楽しかったら、これからもまたちょくちょくやりましょうよ。ちなみに包丁は全部ちゃんと研《と》いでありますから」

ダイアンは笑って、僕の肩を軽く叩いた。親愛のこもった仕草だった。

ラムやチキン、冷凍のシーフード、野菜や果物やハーブやスパイスやバゲット、さらにはワインやビールなんかをカートに山盛り買いこんで、ピックアップに積む。荷台に置いたりしたら着くまでに全部溶けるか煮えるかしそうなので、ダイアンと二人、苦労して狭い後部座席に袋を積みあげた。

夏の日は長い。七時を過ぎても、あたりはまだ充分に明るさが残っている。

宿舎に戻ってみると、建物前の広場にはもう三台の車が停まっていた。秀人さんのトヨタと、ヨーコさんのニッサン、それにアレックスの借りた国産車。マリアはまだのようだ。

僕らが紙袋を抱えて入っていくと、ヨーコさんが顔をしわくちゃにして迎えてくれた。

「お久しぶりですー。お言葉に甘えて来ちゃいましたよう。イズミくん、体はもう大丈夫?」

「はい、おかげさまでもう、まったく」

重たいビールのパックを床に下ろしながら僕は言った。

「あの時は、ほんとにお世話をかけました」

「いぃえー。よかった、ほんとにだいぶ元気そう。なんだか、目に力が戻ってきた感じ」

ありがとうございます、と僕は言った。

僕らがかわるがわる袋をキッチンに運びこみ、野菜の皮をむいたり生肉にスパイスをすりこんだりする間、アレックスはほとんど誰とも言葉をかわさずに、外のポーチで暮れてゆく空を眺めたり、手持ちぶさたに携帯のチェックをしたりしていた。まあ、べつに構わない。今夜は彼女がメインゲストなのだ。

キッチンとダイニングだけではさすがに手狭なので、寝室のドアは開け放っておいた。その奥にバスルーム兼トイレがあるから、閉めておいたところでどうせ誰彼が入ることになる。

ベッドがひとつ、チェストがひとつ、デスクがひとつしかない部屋なんて、どう頑張っても散らかりようがないだろうと思うのだが、あとからやってきたマリアも含め、女性たちは口々に僕の整頓能力を褒めてくれた。

男の一人所帯なのに、ベッドカバーや枕カバーも清潔なら、バスルームに洗濯物もたまっていない、トイレの便器もきれいだし、換えのペーパーは棚に整然と並んでいる、シャワーカーテンも全然かび臭《くさ》くない、云々《うんぬん》……。褒めてくれるのは嬉しいが、どこまで細かくチェックしてるんだよ、と思わないでもなかった。

ラム肉には切れ目を入れ、ローズマリーの枝を差しこんでローストする。

チキンは白ワインをまぶしてしばらく置き、その間にジャガイモとタマネギを蒸し焼きにして少し焦げ目をつけ、ブロッコリーやカリフラワーやアスパラは茹《ゆ》で、パプリカやズッキーニなんかは適当にスライスしておく。

「ちょっとイズミ。なんなの、その手際《てぎわ》のよさは！」

「あたしたちの出る幕がないじゃないのさ」

「すごーい。もしかしてシェフの修業とかしてました？」

ダイアンとマリアとヨーコさんが、かわるがわる覗《のぞ》きこみにくる。

「まさか。たいしたことないです。ただ単に自炊《じすい》と一人暮らしが長かっただけですよ」

「えー？　そんな域、とっくに超えてますよぅ」

とヨーコさん。

「同じ一人暮らしでも、ぜーんぜんやらない男もいるしね」

ダイアンが顎《あご》でさす先で、秀人さんがでたらめな口笛を吹きながらあさっての方角を向いている。

「いや、しょうがなかったんです。たまたま、家族のなかで料理をする人間が僕以外にいなかったもんで」

「日本のご両親は、二人とも元気なの？」

「いえ、母は、僕が小さい頃に亡くなりました。それ以来、家のことが何にもできない親父《おやじ》の面倒を僕が見る格好になっちゃって、その結果がこういうことに」

「へええ。それにしたってたいしたもんだよねえ」

マリアが腕組みをして言い、ほかの二人が相づちを打つ。

「ねえちょっと、アレックス！」ダイアンが呼んだ。「見に来てごらんなさいよ、すごく美味《おい》しそうよ」

どこかから生返事が聞こえたけれど、やってくる様子はなかった。

どうやら女性たちの僕を見る目は、この一時間ほどでそうとう大きく変わったみたいだった。日本では料理はたいてい僕が作るものと決まっていたから、こんなに褒めそやされるとかえってやりにくいくらいだ。

備えつけのオーブンの皿にオリーブオイルを入れ、ラム肉を並べてタイマーをひねる。その出来上がり時間から逆算して、チキンはもう少したってからフライパンで焼き始めればいい。

サラダや付け合わせや酒のつまみや何かは女性たちに任せて、僕は手を拭《ぬぐ》い、ひと休みさせてもらうことにした。この間にトイレに行っておこうと、奥の部屋に入る。

「うわ、びっくりした……」

とっさに日本語が口をついて出た。

ベッドの端に、アレックスが腰掛けていたのだ。

彼女は僕をちらっと見ると、手にしていた何枚かの薄い紙っぺらを黙って四つに畳《たた》み直

した。

「ちょ、待てよ。それってまさか……」

大股《おおまた》に近寄り、彼女から紙を取りあげる。思ったとおり、それは丈から届いたあの手紙だった。

チェストの上に置いてあったはずだ。人の手紙を勝手に……というか、だいたい日本語の手紙なんか盗み見てどうしようっていうんだ？

何とか言ってやろうと見おろすと、アレックスは、こちらのあてがはずれるくらい無邪《むじゃ》気《き》な顔で僕を見上げてきた。てっきり後ろめたさに目をそらすか、逆に睨み返してくると思ったのに。

そうして彼女は、例のハスキー・ヴォイスでこう言ったのだった。

「あなた――日本で何をして逃げてきたの？」

冒頭からとつぜん舞台が変わったことに、戸惑われた方もいらっしゃるかも知れません。ＷＥＢ連載の開始時にも、「ぜんぜん違う小説が始まったのかと思った」との感想を頂いたりしました。
驚かせてごめんなさい。この巻から、『おいコー』の主な舞台はびゅーんと飛んでオーストラリアへ移っております。

じつは、昨年の暮れから年明けにかけて、かの地まではるばる取材に出かけてきたのでした。イラストをお願いしている結布さんや、おなじみメガネの担当・野村氏も一緒の旅です。なかなかの珍道中でありました。
傍からはいったい、どんな一行に見えてたんでしょう。一度、住人のほとんどがアボリジニという小さな町で、たまたまスポーツショップの店員さんをしていた現地在住の日本人女性から、「ご家族でご旅行ですか？」と訊かれたのには相当クラクラしましたけどね。ってことは、野村氏がお父さんで、結布さんが娘で、私がお母さんに見えたってことだよなー、どう考えても。まあ、年齢的にもキャラ設定にそう無理はないわ、うん。（泣）
あと、人生勉強のつもりでシドニーのカジノに入ろうとしたら、結布さんだけが未成年と間違われて強面の係員に制止され、年齢のわかるＩＤの提示を求められたりしました。立派に成人して（からだいぶたって）るのに、結布さんてば赤ちゃんみたいに無垢で初々しい顔立ちだから無理もないか、それでなくても日本人は若く見られがちだもんね、と思いつつ、「私もＩＤ見せましょうか？」と係員に訊いたら、「あんたはいい」と即答されました。しょんぼりでした。見るフリくらいしてくれたっていいじゃないのよ。ちぇ。

年の暮れのオーストラリアは、もういっそ笑うしかないくらいの猛暑。本編にも出てきましたが、北半球にある日本が真冬の時は、南半球の豪州は真夏なのです。
そんなカンカン照りのシドニーの街で、見知らぬ人とすれ違うたび「メリー・クリスマス！」と微笑み合って挨拶を交わすのは、なんだかすごく不思議な気分でした。

十何年か前、『青のフェルマータ』を書いた時の取材でも、まったく同じ時期に同じ場所を訪れたはずなのに、どんなふうだったかきれいさっぱり忘れてしまっていて、でも、おかげで何もかもが新鮮に感じられてよかったです。（↑どんだけプラス思考）

クリスマスというものは、日本では恋人同士のためのイベントと化してしまっているけれど、かの国ではあくまでも「家族揃って我が家で過ごす日」という位置づけ。そのため、イヴからクリスマス・デーにかけては、とにかく街じゅうの店がお休み。レストランもデパートもお休み。誰も彼もが家に帰って、愛する家族と団らんを楽しんでいるのでした。

仕方がないので、連れだって動物園へ出かけました。いやはや、ものすっごい広さ！　結布さん、大はしゃぎ！　便乗して私も大はしゃぎ！　二人そろって〈スネーク館〉にやたらと長居し、巨大なニシキヘビにうっとりしながら「綺麗ですねえ」「シビレちゃうよねえ」と写真を撮りまくっていたら、あきれた野村さんから、「こんな女性の二人組もそうそう珍しいと思います」と言われてしまいました。ちぇ。

日差しが強いわりに湿気が少ないせいで、歩いていても汗がすぐ蒸発してしまいます。気をつけて積極的に水分補給しないと、脱水症状を起こしかねません。

公園の巨大なスズカケの木陰に寝転がってしばしまどろみ、古い教会の中を見学して荘厳な気持ちになり、出てきたところのアイスクリーム・スタンドででっかいのを買って溶けないうちに急いで食べ、それでもまだ暇だからガイドブックに年中無休とあった博物館まで歩いていってみたら、そこも休館。入口の案内には「except Christmas day」と書いてありました。一年のうち、たった一日だけお休みの、まさにその日に当たっちゃったわけですね。ま、それはそれで貴重な経験だったと思うし、もしかしたらこの先、本編にそれやこれやのクリスマスの場面が登場するかもしれません。

かくのごとく、取材の旅に出かける時、私はいつもあまり細かいスケジュールを決めません。入国審査の時にちゃんと答えられるように到着日のホテルだけは押さえておくけれど、それ以外はたいていい行き当たりばったりもいいとこ。長くいたいなと思う町なら滞在を延ばすし、そうでなければさっさと移動するし、という感じ。

でも、そういう旅の仕方にまわりの人を巻きこむのは、ちょっと申し訳なかったですよね。担当・野村氏にしてみれば、スケジュールの見通しは立たないし、いったいどこまで私を放っておいていいものやら困ったろうし、結布さん（↑かれん並みに天然）のことだって面倒見なくちゃならないし、さぞかしやきもきしたことと思います。ひたすら感謝です。

おまけに、シドニーも暑かったけれど、クリスマスの翌日から内陸のウルル（エアーズロック）へと移動したら、そこはもう気温四十℃超の世界。ちなみに私が住んでいる信州は、この日は大雪で一面銀世界だったそうです。気温差、なんと四十八℃！　うまく想像できないよ！

とまあ、十日間ほどの旅でしたが、思いきり歩いて、見て、感じて、たくさんのことを吸収して帰ってまいりました。

途中、ある施設を見学していた時、突然――ほんとうに突然――「おいコー」がこの先、最後の最後に迎える場面が、頭の中のスクリーンにフラッシュみたいにまぶしく強烈に映し出されて、めまいがしました。

そこはウルルから五〇〇キロほども離れた町で、ウルルでたまたまガイドさんに教えてもらった情報から、どうしてもそこへ行かなくちゃいけない気がして急遽国内便のチケットを取って飛んでいったのだけど、やっぱり勘は当たってた。

こういうことがあるから、取材の旅は全部をきっちり決めないほうがいいんだよね（と、イイワケしてみる）。


今年、三月。

日本は、いまだかつてない規模の大災害に見舞われました。

被災された皆さん、今も苦しみと哀しみのなかにいらっしゃる皆さんに、心からのお見舞いを申し上げます。――という言葉が、あまりにも虚しく響くことが辛いです。

あれから、私自身ひどく体調を崩し、そのせいで例年よりも一か月ほどJブックスの刊行が遅れてしまいました。ずっと待っていて下さった皆さん、ごめんなさい。

直接の被害など受けてもいないくせに、あの大地震と大津波は私に、物書きとして史上最大の危機をもたらしました。どれだけ机の前に座っていても、言葉が全然出てこなくなってしまったのです。ほんとうに、ただのひと言も。

そのあたりの事情は、初の二冊同時刊行となった文庫版『蜂蜜色の瞳』と『凍える月』のあとがきに書かせて頂きましたので、そちらも読んでみて下さい。あとがき、これまた初の前編と後編になっています。読者の皆さんへの感謝状です。

皆さんの存在には、もちろんこれまでも心の底から感謝してきたつもりでしたけれど、今回ばかりはもう、泣けてくるほどの強さと深さで、そのありがたさが骨身にしみました。ＷＥＢでの連載を読んで下さっていた方や、あの震災のすぐあとに出会った方々からの、温かくも厳しい励ましや支えがなかったなら、私はもう、作家を続けていけなかったかもしれません。

助けて下さって、ほんとうにありがとうございました。

ご恩返しは作品で――と、これまでよりもさらに切実に思っています。

この先は、一年もお待たせすることのないように、できるだけ早く続きを書いていきますので、実体としてのかれんがなかなか出てこなくてやきもきしても、どうかもうしばらく辛抱してお付き合い下さいね。

そうして、勝利や彼に関わる人々みんなが、なんとか光の射す場所へとたどり着けるよう、一緒に祈っていてやって下さい。よろしくお願いします。

それではまた、次巻で。

二〇一一年六月　　緑まぶしい軽井沢にて

村山由佳

■初出

Have You Never Been Mellow

集英社 WEB INFORMATION

「村山由佳公式サイト COFFEE BREAK」2011年1月〜6月

本単行本は、上記の初出作品に、著者が加筆・訂正したものです。

おいしいコーヒーのいれ方　Second Season V

雲の果て

2011年6月25日　第1刷発行

著　者／村山由佳 ◉ 結布

編　集／株式会社　集英社インターナショナル

〒101-8050　東京都千代田区一ツ橋2-5-10

TEL　03-5211-2632(代)

装　丁／亀谷哲也 [PRESTO]

発行者／太田富雄

発行所／株式会社　集英社

〒101-8050　東京都千代田区一ツ橋2-5-10

TEL　03-3230-6297（編集部）03-3230-6393（販売部）

03-3230-6080（読者係）

印刷所／大日本印刷株式会社

ISBN978-4-08-703248-2 C0093

j-BOOKSホームページ

http://j-books.shueisha.co.jp/